词曲选

刘志红　选编

中州古籍出版社

·郑州·

图书在版编目(CIP)数据

词曲选 / 刘志红选编 — 郑州 ：中州古籍出版社，2015.5

(国学经典诵读)

ISBN 978-7-5348-5092-9

Ⅰ. ①词… Ⅱ. ①刘… Ⅲ. ①汉语拼音-少儿读物 Ⅳ. ①H125.4

中国版本图书馆 CIP 数据核字(2014)第 276991 号

出版社:中州古籍出版社

(地址:郑州市经五路 66 号　邮政编码:450002)

发行单位:新华书店

承印单位:河南新华印刷集团有限公司

开本:710mm×1000mm　1/16　**印张**:13.5

版次:2015 年 5 月第 1 版　**印次**:2015 年 5 月第 1 次印刷

定价:23.00 元

致读者

夏衍先生的《种子的力量》，想必不少人读过。植物的种子发芽时能将人的头盖骨完整地分开，其力量之大令人惊叹。具备一定科学常识的我们不难明白，种子这种超凡的生命力其实源自它的生物基因。

植物种子的生命力取决于它的生物基因，而人类文明的生命力无疑取决于它的文化基因。

当我们以自家母语毫无隔阂地阅读这段文字时，古巴比伦的空中花园早成幻影，古埃及仅残留着光秃秃的石塔，古印度文明更已灰飞烟灭逾三千年了。世所公认的四大文明，唯有我泱泱中华文明以其无双的生命力傲立至今，并且愈加浩浩然龙马精神。

我们不禁肃然起敬而油然发问，其中的奥妙何在？——习近平同志指出："博大精深的中华优秀传统文化是我们在世界文化激荡中站稳脚跟的根基"，"要从弘扬优秀传统文化中寻找精气神"。诚然，这奥秘即在于中华文明的文化基因，尤其是优秀的传统文化。

"指穷于为薪，火传也，不知其尽也。"文明的火种在于传承，传承之大业必启于童蒙。孩子是文明的火种，是文化传承的发轫所在。

于是，有了我们这套丛书。参照传统童蒙教育读本，结合现

代少年儿童的实际情况，我社用心编选出国学经典中的要妙原典，萃聚成编；注以拼音，并邀请演播善手精心朗诵，运用新兴的MPR（多媒体印刷读物）数字技术，打造出这套新式的国学读本。“轴心时代”文明精华之《周易》《论语》《老子》《庄子》，“风骚”万古的《诗经》《楚辞》，发蒙百代的《千字文》《三字经》《百家姓》《龙文鞭影》，各盛其朝的唐诗、宋词、元曲，俱入本丛书。

“蒙以养正，圣功也！”

古代中国人传习经典，小则为“修身立命”，至于“学优而仕，光宗耀祖”；大则为“治国平天下”，至于“为往圣继绝学，为万世开太平”。而今我们学习经典，不仅可以追溯自己生而为中国人的文化基因，更可以从中汲取我中华先人的生存智慧，为我们开拓广阔的人生与民族未来提供源源不断的精神力量。

“文王既没，文不在兹乎？”党的十八大对这一文化问题作出了战略部署，强调要“建设优秀传统文化传承体系，弘扬中华优秀传统文化”。

编选这套丛书，传承的使命和光大的愿景不禁使我们想起百年前，正值中华民族危亡之际，梁任公先生饱含热忱的《少年中国说》。如今，睡狮已醒，我中华民族正再次雄起于世界东方，我们这些出版人更其热切地希望自己编选的这套丛书能帮助“少年中国”之“中国少年”茁壮成长。

“美哉我少年中国，与天不老！壮哉我中国少年，与国无疆！”吾其勉哉！

中州古籍出版社编辑部

2015年4月

目　　录

词　选

唐五代词

宋　词

金元明清词

曲 选

小 令

套　曲

cí xuǎn

词选

táng wǔ dài cí

唐五代词

pú sà mán　lǐ bái

菩萨蛮　李白

píng lín mò mò yān rú zhī， hán shān yí dài shāng xīn
平林漠漠烟如织，寒山一带伤心

bì。 míng sè rù gāo lóu， yǒu rén lóu shàng chóu。 yù
碧。暝色入高楼，有人楼上愁。玉

jiē kōng zhù lì， sù niǎo guī fēi jí。 hé chù shì guī chéng，
阶空伫立，宿鸟归飞急。何处是归程，

cháng tíng gèng duǎn tíng。
长亭更短亭。

yì qín é　lǐ bái

忆秦娥　李白

xiāo shēng yè， qín é mèng duàn qín lóu yuè。 qín lóu
箫声咽，秦娥梦断秦楼月。秦楼

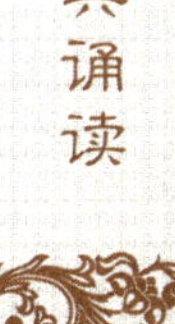

yuè nián nián liǔ sè bà líng shāng bié lè yóu yuán
月，年年柳色，灞陵伤别。乐游原
shàng qīng qiū jié xián yáng gǔ dào yīn chén jué yīn chén jué xī
上清秋节，咸阳古道音尘绝。音尘绝，西
fēng cán zhào hàn jiā líng què
风残照，汉家陵阙。

zhāng tái liǔ jì liǔ shì hán hóng

章台柳（寄柳氏） 韩翃

zhāng tái liǔ zhāng tái liǔ wǎng rì yī yī jīn zài
章台柳，章台柳！往日依依今在
fǒu zòng shǐ cháng tiáo sì jiù chuí yì yīng pān zhé tā rén
否？纵使长条似旧垂，亦应攀折他人
shǒu
手。

yú gē zǐ zhāng zhì hé

渔歌子 张志和

xī sài shān qián bái lù fēi táo huā liú shuǐ guì yú
西塞山前白鹭飞，桃花流水鳜鱼
féi qīng ruò lì lǜ suō yī xié fēng xì yǔ bù xū guī
肥。青箬笠，绿蓑衣，斜风细雨不须归。

转应曲
zhuǎn yìng qǔ

戴叔伦
dài shū lún

biān cǎo biān cǎo biān cǎo jìn lái bīng lǎo shān nán shān běi xuě qíng qiān lǐ wàn lǐ yuè míng míng yuè míng yuè hú jiā yì shēng chóu jué

边草，边草，边草尽来兵老。山南山北雪晴，千里万里月明。明月，明月，胡笳一声愁绝。

调笑令
tiáo xiào lìng

韦应物
wéi yìng wù

hú mǎ hú mǎ yuǎn fàng yān zhī shān xià páo shā páo xuě dú sī dōng wàng xī wàng lù mí mí lù mí lù biān cǎo wú qióng rì mù

胡马，胡马，远放燕支山下。跑沙跑雪独嘶，东望西望路迷。迷路，迷路，边草无穷日暮。

忆江南 刘禹锡

春去也，多谢洛城人。弱柳从风疑举袂，丛兰裛露似沾巾。独坐亦含嚬。

忆江南 白居易

江南好，风景旧曾谙。日出江花红胜火，春来江水绿如蓝。能不忆江南？

江南忆，最忆是杭州。山寺月中寻桂子，郡亭枕上看潮头。何日更重游？

江南忆，其次忆吴宫。吴酒一杯春

zhú yè wú wá shuāng wǔ zuì fú róng zǎo wǎn fù xiāng féng

竹叶，吴娃双舞醉芙蓉。早晚复相逢？

chánɡ xiānɡ sī 长相思

bái jū yì 白居易

biàn shuǐ liú sì shuǐ liú liú dào guā zhōu gǔ dù tóu

汴水流，泗水流，流到瓜洲古渡头。

wú shān diǎn diǎn chóu sī yōu yōu hèn yōu yōu hèn

吴山点点愁。思悠悠，恨悠悠，恨

dào guī shí fāng shǐ xiū yuè míng rén yǐ lóu

到归时方始休。月明人倚楼。

pú sà mán 菩萨蛮

wēn tíng yún 温庭筠

xiǎo shān chóng dié jīn míng miè bìn yún yù dù xiāng sāi

小山重叠金明灭，鬓云欲度香腮

xuě lǎn qǐ huà é méi nòng zhuāng shū xǐ chí

雪。懒起画蛾眉，弄妆梳洗迟。

zhào huā qián hòu jìng huā miàn jiāo xiāng yìng xīn tiē xiù luó

照花前后镜，花面交相映。新帖绣罗

rú shuāng shuāng jīn zhè gū

襦，双双金鹧鸪。

pú sà mán

菩萨蛮

wēn tíngyún
温庭筠

shuǐ jīng lián lǐ pō lí zhěn nuǎn xiāng rě mèng yuān yāng
水精帘里颇黎枕，暖香惹梦鸳鸯
jǐn jiāng shàng liǔ rú yān yàn fēi cán yuè tiān ǒu
锦。江上柳如烟，雁飞残月天。藕
sī qiū sè qiǎn rén shèng cēn cī jiǎn shuāng bìn gé xiāng hóng
丝秋色浅，人胜参差剪。双鬓隔香红，
yù chāi tóu shàng fēng
玉钗头上风。

pú sà mán

菩萨蛮

wēn tíngyún
温庭筠

yù lóu míng yuè cháng xiāng yì liǔ sī niǎo nuó chūn wú
玉楼明月长相忆，柳丝袅娜春无
lì mén wài cǎo qī qī sòng jūn wén mǎ sī huà
力。门外草萋萋，送君闻马嘶。画
luó jīn fěi cuì xiāng zhú xiāo chéng lèi huā luò zǐ guī tí
罗金翡翠，香烛销成泪。花落子规啼，
lǜ chuāng cán mèng mí
绿窗残梦迷。

gēng lòu zǐ
更漏子
wēn tíngyún
温庭筠

liǔ sī cháng chūn yǔ xì huā wài lòu shēng tiáo dì
柳丝长，春雨细，花外漏声迢递。
jīng sài yàn qǐ chéng wū huà píng jīn zhè gū xiāng
惊塞雁，起城乌，画屏金鹧鸪。香
wù bó tòu lián mù chóu chàng xiè jiā chí gé hóng zhú bèi
雾薄，透帘幕，惆怅谢家池阁。红烛背，
xiù lián chuí mèng cháng jūn bù zhī
绣帘垂，梦长君不知。

gēng lòu zǐ
更漏子
wēn tíngyún
温庭筠

yù lú xiāng hóng là lèi piān zhào huà táng qiū sī
玉炉香，红蜡泪，偏照画堂秋思。
méi cuì bó bìn yún cán yè cháng qīn zhěn hán wú
眉翠薄，鬓云残，夜长衾枕寒。梧
tóng shù sān gēng yǔ bú dào lí qíng zhèng kǔ yí yè yè
桐树，三更雨，不道离情正苦。一叶叶，
yì shēng shēng kōng jiē dī dào míng
一声声，空阶滴到明。

yù hú dié　wēn tíngyún

玉胡蝶　温庭筠

qiū fēng qī qiè shāng lí　xíng kè wèi guī shí　sài wài
秋风凄切伤离，行客未归时。塞外
cǎo xiān shuāi　jiāng nán yàn dào chí　fú róng diāo nèn
草先衰，江南雁到迟。芙蓉凋嫩
liǎn　yáng liǔ duò xīn méi　yáo luò shǐ rén bēi　duàn cháng shuí
脸，杨柳堕新眉。摇落使人悲，断肠谁
dé zhī
得知。

mèng jiāng nán　wēn tíngyún

梦江南　温庭筠

qiān wàn hèn　hèn jí zài tiān yá　shān yuè bù zhī xīn
千万恨，恨极在天涯。山月不知心
lǐ shì　shuǐ fēng kōng luò yǎn qián huā　yáo yè bì yún xiá
里事，水风空落眼前花。摇曳碧云斜。

mèng jiāng nán
梦江南

wēn tíngyún
温庭筠

shū xǐ bà dú yǐ wàng jiāng lóu guò jìn qiān fān jiē
梳洗罢，独倚望江楼。过尽千帆皆
bú shì xié huī mò mò shuǐ yōu yōu cháng duàn bái pín zhōu
不是，斜晖脉脉水悠悠。肠断白蘋洲！

què tà zhī
鹊踏枝

féng yán sì
冯延巳

shuí dào xián qíng pāo qì jiǔ měi dào chūn lái chóu chàng
谁道闲情抛弃久？每到春来，惆怅
hái yī jiù rì rì huā qián cháng bìng jiǔ bù cí jìng lǐ zhū
还依旧。日日花前常病酒，不辞镜里朱
yán shòu hé pàn qīng wú dī shàng liǔ wèi wèn xīn
颜瘦。　　河畔青芜堤上柳，为问新
chóu hé shì nián nián yǒu dú lì xiǎo qiáo fēng mǎn xiù píng
愁，何事年年有？独立小桥风满袖，平
lín xīn yuè rén guī hòu
林新月人归后。

鹊踏枝 冯延巳

que tà zhī féngyán sì

几日行云何处去？忘了归来，不道春将暮。百草千花寒食路，香车系在谁家树？　泪眼倚楼频独语。双燕飞来，陌上相逢否？撩乱春愁如柳絮，悠悠梦里无寻处。

鹊踏枝 冯延巳

liù qū lán gān wēi bì shù yáng liǔ fēng qīng zhǎn jìn huáng jīn lǚ

六曲阑干偎碧树。杨柳风轻，展尽黄金缕。谁把钿筝移玉柱？穿帘海燕惊飞去。　满眼游丝兼落絮。红杏开时，一霎清明雨。浓睡觉来慵不语，

jīng cán hǎo mèng wú xún chù
惊残好梦无寻处。

谒金门 冯延巳

yè jīn mén / féng yán sì

fēng zhà qǐ chuī zhòu yì chí chūn shuǐ xián yǐn yuān yāng
风乍起，吹皱一池春水。闲引鸳鸯

xiāng jìng lǐ shǒu ruó hóng xìng ruǐ dòu yā lán gān dú
香径里，手挼红杏蕊。斗鸭阑干独

yǐ bì yù sāo tóu xié zhuì zhōng rì wàng jūn jūn bú zhì
倚，碧玉搔头斜坠。终日望君君不至，

jǔ tóu wén què xǐ
举头闻鹊喜。

应天长 李璟

yìng tiān cháng / lǐ jǐng

yì gōu chū yuè lín zhuāng jìng chán bìn fèng chāi yōng bù
一钩初月临妆镜，蝉鬓凤钗慵不

zhěng chóng lián jìng céng lóu jiǒng chóu chàng luò huā fēng bú
整。重帘静，层楼迥，惆怅落花风不

dìng liǔ dī fāng cǎo jìng mèng duàn lù lú jīn jǐng
定。柳堤芳草径，梦断辘轳金井。

zuó yè gēng lán jiǔ xǐng chūn chóu guò què bìng
昨夜更阑酒醒，春愁过却病。

tān pò huàn xī shā
摊破浣溪沙
lǐ jǐng
李璟

shǒu juǎn zhēn zhū shàng yù gōu yī qián chūn hèn suǒ chóng
手卷真珠上玉钩，依前春恨锁重
lóu fēng lǐ luò huā shuí shì zhǔ sī yōu yōu qīng
楼。风里落花谁是主，思悠悠。青
niǎo bù chuán yún wài xìn dīng xiāng kōng jié yǔ zhōng chóu huí
鸟不传云外信，丁香空结雨中愁。回
shǒu lǜ bō sān chǔ mù jiē tiān liú
首绿波三楚暮，接天流。

tān pò huàn xī shā
摊破浣溪沙
lǐ jǐng
李璟

hàn dàn xiāng xiāo cuì yè cán xī fēng chóu qǐ lǜ bō
菡萏香销翠叶残，西风愁起绿波
jiān hái yǔ sháo guāng gòng qiáo cuì bù kān kàn
间。还与韶光共憔悴，不堪看。
xì yǔ mèng huí jī sài yuǎn xiǎo lóu chuī chè yù shēng hán duō
细雨梦回鸡塞远，小楼吹彻玉笙寒。多
shǎo lèi zhū hé xiàn hèn yǐ lán gān
少泪珠何限恨，倚阑干。

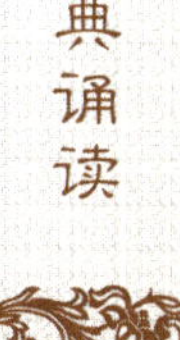

yú měi rén　lǐ yù

虞美人　李煜

chūn huā qiū yuè hé shí liǎo　wǎng shì zhī duō shǎo
春花秋月何时了？往事知多少。
xiǎo lóu zuó yè yòu dōng fēng　gù guó bù kān huí shǒu yuè míng
小楼昨夜又东风，故国不堪回首月明
zhōng　diāo lán yù qì yīng yóu zài　zhǐ shì zhū yán
中。　雕栏玉砌应犹在，只是朱颜
gǎi　wèn jūn néng yǒu jǐ duō chóu　qià sì yì jiāng chūn shuǐ
改。问君能有几多愁？恰似一江春水
xiàng dōng liú
向东流。

xiāng jiàn huān　lǐ yù

相见欢　李煜

lín huā xiè le chūn hóng　tài cōng cōng　wú nài zhāo lái
林花谢了春红，太匆匆。无奈朝来
hán yǔ wǎn lái fēng　yān zhī lèi　liú rén zuì　jǐ
寒雨晚来风。　胭脂泪，留人醉，几
shí chóng　zì shì rén shēng cháng hèn shuǐ cháng dōng
时重？自是人生长恨水长东。

xiāng jiàn huān

相见欢

lǐ yù
李煜

wú yán dú shàng xī lóu yuè rú gōu jì mò wú tóng
无言独上西楼，月如钩。寂寞梧桐
shēn yuàn suǒ qīng qiū jiǎn bú duàn lǐ hái luàn shì
深院锁清秋。剪不断，理还乱，是
lí chóu bié shì yì fān zī wèi zài xīn tóu
离愁。别是一番滋味在心头。

zǐ yè gē

子夜歌

lǐ yù
李煜

rén shēng chóu hèn hé néng miǎn xiāo hún dú wǒ qíng hé
人生愁恨何能免，销魂独我情何
xiàn gù guó mèng chóng guī jué lái shuāng lèi chuí
限！故国梦重归，觉来双泪垂。
gāo lóu shuí yǔ shàng cháng jì qiū qíng wàng wǎng shì yǐ chéng
高楼谁与上，长记秋晴望。往事已成
kōng hái rú yí mèng zhōng
空，还如一梦中。

wàng jiāng nán

望江南

lǐ yù
李煜

duō shǎo hèn zuó yè mèng hún zhōng hái sì jiù shí yóu
多少恨，昨夜梦魂中。还似旧时游
shàng yuàn chē rú liú shuǐ mǎ rú lóng huā yuè zhèng chūn fēng
上苑，车如流水马如龙，花月正春风。

qīng píng yuè

清平乐

lǐ yù
李煜

bié lái chūn bàn chù mù chóu cháng duàn qì xià luò
别来春半，触目愁肠断。砌下落
méi rú xuě luàn fú le yì shēn hái mǎn yàn lái yīn
梅如雪乱，拂了一身还满。雁来音
xìn wú píng lù yáo guī mèng nán chéng lí hèn qià rú chūn
信无凭，路遥归梦难成。离恨恰如春
cǎo gèng xíng gèng yuǎn hái shēng
草，更行更远还生。

làng táo shā

浪淘沙

lǐ yù
李煜

wǎng shì zhǐ kān āi duì jǐng nán pái qiū fēng tíng yuàn
往事只堪哀，对景难排。秋风庭院
xiǎn qīn jiē yì háng zhū lián xián bù juǎn zhōng rì shuí lái
藓侵阶。一行珠帘闲不卷，终日谁来！
jīn suǒ yǐ chén mái zhuàng qì hāo lái wǎn liáng tiān
金锁已沉埋，壮气蒿莱。晚凉天
jìng yuè huá kāi xiǎng dé yù lóu yáo diàn yǐng kōng zhào qín
静月华开。想得玉楼瑶殿影，空照秦
huái
淮。

làng táo shā

浪淘沙

lǐ yù
李煜

lián wài yǔ chán chán chūn yì lán shān luó qīn bú nài
帘外雨潺潺，春意阑珊。罗衾不耐
wǔ gēng hán mèng lǐ bù zhī shēn shì kè yì shǎng tān huān
五更寒。梦里不知身是客，一晌贪欢。
dú zì mò píng lán wú xiàn jiāng shān bié shí róng yì
独自莫凭栏，无限江山。别时容易
jiàn shí nán liú shuǐ luò huā chūn qù yě tiān shàng rén jiān
见时难。流水落花春去也，天上人间。

玉楼春 李煜

yù lóu chūn lǐ yù

wǎn zhuāng chū liǎo míng jī xuě, chūn diàn pín é yú guàn liè。

晚妆初了明肌雪，春殿嫔娥鱼贯列。

shēng xiāo chuī duàn shuǐ yún jiān, chóng àn 《ní cháng》 gē biàn chè。

笙箫吹断水云间，重按《霓裳》歌遍彻。

lín chūn shuí gèng piāo xiāng xiè, zuì pāi lán gān qíng wèi qiè。

临春谁更飘香屑，醉拍阑干情味切。

guī shí xiū zhào zhú huā hóng, dài fàng mǎ tí qīng yè yuè。

归时休照烛花红，待放马蹄清夜月。

破阵子 李煜

pò zhèn zǐ lǐ yù

sì shí nián lái jiā guó, sān qiān lǐ dì shān hé。

四十年来家国，三千里地山河。

fèng gé lóng lóu lián xiāo hàn, yù shù qióng zhī zuò yān luó, jǐ céng shí gān gē?

凤阁龙楼连霄汉，玉树琼枝作烟萝，几曾识干戈？

yí dàn guī wéi chén lǔ, shěn yāo pān bìn xiāo mó。

一旦归为臣虏，沈腰潘鬓消磨。

zuì shì cāng huáng cí miào rì, jiào fáng yóu zòu bié lí

最是仓皇辞庙日，教坊犹奏别离

gē chuí lèi duì gōng é
歌。垂泪对宫娥。

lín jiāng xiān xú chāng tú
临江仙 徐昌图

yǐn sàn lí tíng xī qù fú shēng cháng hèn piāo péng
饮散离亭西去，浮生长恨飘蓬。
huí tóu yān liǔ jiàn chóngchóng dàn yún gū yàn yuǎn hán rì mù
回头烟柳渐重重。淡云孤雁远，寒日暮
tiān hóng jīn yè huà chuán hé chù cháo píng huái yuè
天红。今夜画船何处？潮平淮月
méng lóng jiǔ xǐng rén jìng nài chóu nóng cán dēng gū zhěn mèng
朦胧。酒醒人静奈愁浓。残灯孤枕梦，
qīng làng wǔ gēng fēng
轻浪五更风。

pú sà mán wéi zhuāng
菩萨蛮 韦庄

rén rén jìn shuō jiāng nán hǎo yóu rén zhǐ hé jiāng nán
人人尽说江南好，游人只合江南
lǎo chūn shuǐ bì yú tiān huà chuán tīng yǔ mián lú
老。春水碧于天，画船听雨眠。垆
biān rén sì yuè hào wàn níng shuāng xuě wèi lǎo mò huán xiāng
边人似月，皓腕凝霜雪。未老莫还乡，

huánxiāng xū duàn cháng
还乡须断肠。

yìng tiān cháng
应天长

wéi zhuāng
韦 庄

lǜ huái yīn lǐ huáng yīng yǔ shēn yuàn wú rén chūn zhòu wǔ
绿槐阴里黄莺语，深院无人春昼午。
huà lián chuí jīn fèng wǔ jì mò xiù píng xiāng yí zhù
画帘垂，金凤舞，寂寞绣屏香一炷。
bì tiān yún wú dìng chù kōng yǒu mèng hún lái qù
碧天云，无定处，空有梦魂来去。
yè yè lǜ chuāng fēng yǔ duàn cháng jūn xìn fǒu
夜夜绿窗风雨，断肠君信否？

yè jīn mén
谒金门

wéi zhuāng
韦 庄

chūn yǔ zú rǎn jiù yì xī xīn lǜ liǔ wài fēi lái shuāng yǔ yù nòng qíng xiāng duì yù
春雨足，染就一溪新绿。柳外飞来双羽玉，弄晴相对浴。
lóu wài cuì lián gāo zhóu yǐ biàn lán gān jǐ qū
楼外翠帘高轴，倚遍阑干几曲。
yún dàn shuǐ píng yān shù cù cùn xīn qiān lǐ mù
云淡水平烟树簇，寸心千里目。

sī dì xiāng
思帝乡

wéi zhuāng
韦 庄

chūn rì yóu xìng huā chuī mǎn tóu mò shàng shuí jiā nián
春日游，杏花吹满头。陌上谁家年

shào zú fēng liú qiè nǐ jiāng shēn jià yǔ yì shēng xiū zòng
少足风流？妾拟将身嫁与一生休。纵

bèi wú qíng qì bù néng xiū
被无情弃，不能羞。

shēng zhā zǐ
生查子

niú xī jì
牛希济

chūn shān yān yù shōu tiān dàn xī xīng xiǎo cán yuè liǎn
春山烟欲收，天淡稀星小。残月脸

biān míng bié lèi lín qīng xiǎo yǔ yǐ duō qíng wèi
边明，别泪临清晓。 语已多，情未

liǎo huí shǒu yóu chóng dào jì de lǜ luó qún chù chù lián
了，回首犹重道："记得绿罗裙，处处怜

fāng cǎo
芳草。"

jiāngchéng zǐ
江城子
ōu yáng jiǒng
欧阳 炯

wǎn rì jīn líng àn cǎo píng luò xiá míng shuǐ wú qíng
晚日金陵岸草平，落霞明，水无情。
liù dài fán huá àn zhú shì bō shēng kōng yǒu gū sū tái
六代繁华，暗逐逝波声。空有姑苏台
shàng yuè rú xī zǐ jìng zhào jiāngchéng
上月，如西子镜照江城。

chūn guāng hǎo
春光好
ōu yáng jiǒng
欧阳 炯

tiān chū nuǎn rì chū cháng hǎo chūn guāng wàn huì cǐ
天初暖，日初长，好春光。万汇此
shí jiē dé yì jìng fēn fāng sǔn bèng tái qián nèn
时皆得意，竞芬芳。笋迸苔钱嫩
lǜ huā wēi xuě wù nóng xiāng shuí bǎ jīn sī cái jiǎn què
绿，花偎雪坞浓香。谁把金丝裁剪却，
guà xié yáng
挂斜阳？

pú sà mán 菩萨蛮 dūn huáng qǔ zi cí 敦煌曲子词

zhěn qián fā jìn qiān bān yuàn yào xiū qiě dài qīng shān làn shuǐ miàn shàng chèng chuí fú zhí dài huáng hé chè dǐ kū

枕前发尽千般愿，要休且待青山烂。水面上秤锤浮，直待黄河彻底枯。

bái rì shēn chén xiàn běi dǒu huí nán miàn xiū jí wèi néng xiū qiě dài sān gēng jiàn rì tóu

白日参辰现，北斗回南面。休即未能休，且待三更见日头。

huàn xī shā 浣溪沙 dūn huáng qǔ zi cí 敦煌曲子词

wǔ liǎng gān tóu fēng yù píng zhāng fān jǔ zhào jué chuán qīng róu lǔ bù shī tíng què zhào shì chuán xíng

五两竿头风欲平。张帆举棹觉船轻。柔橹不施停却棹，是船行。

mǎn yǎn fēng guāng duō shǎn shuò kàn shān qià sì zǒu lái yíng zǐ xì kàn shān shān bú dòng shì chuán xíng

满眼风光多闪烁，看山恰似走来迎。子细看山山不动，是船行。

sòng cí
宋 词

jiǔ quán zǐ 酒泉子
pānláng 潘阆

cháng yì guān cháo mǎn guō rén zhēng jiāng shàng wàng lái yí
长忆观潮，满郭人争江上望，来疑
cāng hǎi jìn chéng kōng wàn miàn gǔ shēng zhōng nòng tāo
沧海尽成空，万面鼓声中。弄涛
ér xiàng tāo tóu lì shǒu bǎ hóng qí qí bù shī bié lái jǐ
儿向涛头立，手把红旗旗不湿。别来几
xiàng mèng zhōng kàn mèng jué shàng xīn hán
向梦中看，梦觉尚心寒。

cháng xiāng sī 长相思
lín bū 林逋

wú shān qīng yuè shān qīng liǎng àn qīng shān xiāng sòng
吴山青，越山青。两岸青山相送
yíng shuí zhī lí bié qíng jūn lèi yíng qiè lèi yíng
迎，谁知离别情？君泪盈，妾泪盈。

luó dài tóng xīn jié wèi chéng jiāng tóu cháo yǐ píng
罗带同心结未成，江头潮已平。

sū mù zhē
苏幕遮

fàn zhòngyān
范仲淹

bì yún tiān huáng yè dì qiū sè lián bō bō shàng
碧云天，黄叶地，秋色连波，波上
hán yān cuì shān yìng xié yáng tiān jiē shuǐ fāng cǎo wú qíng
寒烟翠。山映斜阳天接水，芳草无情，
gèng zài xié yáng wài àn xiāng hún zhuī lǚ sī yè
更在斜阳外。　黯乡魂，追旅思，夜
yè chú fēi hǎo mèng liú rén shuì míng yuè lóu gāo xiū dú
夜除非，好梦留人睡。明月楼高休独
yǐ jiǔ rù chóucháng huà zuò xiāng sī lèi
倚。酒入愁肠，化作相思泪。

yú jiā ào qiū sī
渔家傲（秋思）

fàn zhòngyān
范仲淹

sài xià qiū lái fēng jǐng yì héng yáng yàn qù wú liú
塞下秋来风景异，衡阳雁去无留
yì sì miàn biān shēng lián jiǎo qǐ qiān zhàng lǐ cháng yān
意。四面边声连角起。千嶂里，长烟
luò rì gū chéng bì zhuó jiǔ yì bēi jiā wàn lǐ yān
落日孤城闭。　浊酒一杯家万里，燕

rán wèi lè guī wú jì qiāng guǎn yōu yōu shuāng mǎn dì rén
然未勒归无计。羌管悠悠霜满地。人
bú mèi jiāng jūn bái fà zhēng fū lèi
不寐，将军白发征夫泪！

yù jiē xíng
御街行

fàn zhòng yān
范仲淹

fēn fēn zhuì yè piāo xiāng qì yè jì jìng hán shēng
纷纷坠叶飘香砌。夜寂静，寒声
suì zhēn zhū lián juǎn yù lóu kōng tiān dàn yín hé chuí dì
碎。真珠帘卷玉楼空，天淡银河垂地。
nián nián jīn yè yuè huá rú liàn cháng shì rén qiān lǐ
年年今夜，月华如练，长是人千里。
chóu cháng yǐ duàn wú yóu zuì jiǔ wèi dào xiān chéng lèi
愁肠已断无由醉，酒未到，先成泪。
cán dēng míng miè zhěn tóu qī ān jìn gū mián zī wèi dōu lái
残灯明灭枕头欹，谙尽孤眠滋味。都来
cǐ shì méi jiān xīn shàng wú jì xiāng huí bì
此事，眉间心上，无计相回避。

yǔ lín líng
雨霖铃

liǔ yǒng
柳永

hán chán qī qiè duì cháng tíng wǎn zhòu yǔ chū xiē
寒蝉凄切。对长亭晚，骤雨初歇。

dū mén zhàng yǐn wú xù　liú liàn chù　lán zhōu cuī fā　zhí
都门帐饮无绪，留恋处，兰舟催发。执
shǒu xiāng kàn lèi yǎn　jìng wú yǔ níng yē　niàn qù qù　qiān
手相看泪眼，竟无语凝噎。念去去，千
lǐ yān bō　mù ǎi chén chén chǔ tiān kuò　duō qíng zì
里烟波，暮霭沉沉楚天阔。　多情自
gǔ shāng lí bié　gèng nǎ kān lěng luò qīng qiū jié　jīn xiāo jiǔ
古伤离别，更那堪冷落清秋节！今宵酒
xǐng hé chù　yáng liǔ àn　xiǎo fēng cán yuè　cǐ qù jīng
醒何处？杨柳岸，晓风残月。此去经
nián　yīng shì liáng chén hǎo jǐng xū shè　biàn zòng yǒu qiān zhǒng fēng
年，应是良辰好景虚设。便纵有千种风
qíng　gèng yǔ hé rén shuō
情，更与何人说？

dié liàn huā
蝶恋花　liǔ yǒng 柳永

zhù yǐ wēi lóu fēng xì xì　wàng jí chūn chóu　àn àn
伫倚危楼风细细，望极春愁，黯黯
shēng tiān jì　cǎo sè yān guāng cán zhào lǐ　wú yán shuí huì
生天际。草色烟光残照里，无言谁会
píng lán yì　nǐ bǎ shū kuáng tú yí zuì　duì jiǔ dāng
凭阑意。　拟把疏狂图一醉，对酒当
gē　qiǎng lè hái wú wèi　yī dài jiàn kuān zhōng bù huǐ　wèi
歌，强乐还无味。衣带渐宽终不悔，为

伊消得人憔悴。

望海潮

柳永

东南形胜，三吴都会，钱塘自古繁华。烟柳画桥，风帘翠幕，参差十万人家。云树绕堤沙，怒涛卷霜雪，天堑无涯。市列珠玑，户盈罗绮，竞豪奢。

重湖叠巘清嘉，有三秋桂子，十里荷花。羌管弄晴，菱歌泛夜，嬉嬉钓叟莲娃。千骑拥高牙，乘醉听箫鼓，吟赏烟霞。异日图将好景，归去凤池夸。

bā shēng gān zhōu

八声甘州

liǔ yǒng
柳永

duì xiāo xiāo mù yǔ sǎ jiāng tiān, yì fān xǐ qīng qiū.
对潇潇暮雨洒江天，一番洗清秋。
jiàn shuāng fēng qī jǐn, guān hé lěng luò, cán zhào dāng lóu. shì
渐霜风凄紧，关河冷落，残照当楼。是
chù hóng shuāi cuì jiǎn, rǎn rǎn wù huá xiū. wéi yǒu cháng jiāng
处红衰翠减，苒苒物华休。惟有长江
shuǐ, wú yǔ dōng liú. bù rěn dēng gāo lín yuǎn, wàng
水，无语东流。　　不忍登高临远，望
gù xiāng miǎo miǎo, guī sī nán shōu. tàn nián lái zōng jì, hé
故乡渺邈，归思难收。叹年来踪迹，何
shì kǔ yān liú? xiǎng jiā rén、zhuāng lóu yóng wàng, wù jǐ
事苦淹留？想佳人、妆楼颙望，误几
huí、tiān jì shí guī zhōu. zhēng zhī wǒ, yǐ lán gān chù, zhèng
回、天际识归舟。争知我，倚阑干处，正
nèn níng chóu.
恁凝愁。

yì dì jīng

忆帝京

liǔ yǒng
柳永

bó qīn xiǎo zhěn liáng tiān qì, zhà jué bié lí zī wèi.
薄衾小枕凉天气，乍觉别离滋味。

zhǎn zhuǎn shǔ hán gēng qǐ le hái chóng shuì bì jìng bù chéng
展转数寒更，起了还重睡。毕竟不成
mián yí yè cháng rú suì yě nǐ dài què huí zhēng
眠，一夜长如岁。 也拟待、却回征
pèi yòu zhēng nài yǐ chéng xíng jì wàn zhǒng sī liáng duō
辔；又争奈、已成行计。万种思量，多
fāng kāi jiě zhǐ nèn jì mò yǎn yǎn dì xì wǒ yì shēng
方开解，只恁寂寞厌厌地。系我一生
xīn fù nǐ qiān háng lèi
心，负你千行泪。

hè chōng tiān liǔ yǒng
鹤冲天 柳永

huáng jīn bǎng shàng ǒu shī lóng tóu wàng míng dài zàn
黄金榜上，偶失龙头望。明代暂
yí xián rú hé xiàng wèi suì fēng yún biàn zhēng bù zì kuáng
遗贤，如何向？未遂风云便，争不恣狂
dàng hé xū lùn dé sàng cái zǐ cí rén zì shì bái yī
荡？何须论得丧。才子词人，自是白衣
qīng xiàng yān huā xiàng mò yī yuē dān qīng píng zhàng
卿相。 烟花巷陌，依约丹青屏障。
xìng yǒu yì zhōng rén kān xún fǎng qiě nèn wēi hóng yǐ cuì
幸有意中人，堪寻访。且恁偎红倚翠，
fēng liú shì píng shēng chàng qīng chūn dōu yì shǎng rěn bǎ
风流事，平生畅。青春都一饷。忍把

fú míng huàn le qiǎn zhēn dī chàng
浮名，换了浅斟低唱！

tiān xiān zǐ
天仙子
zhāngxiān
张先

shuǐ diào shù shēng chí jiǔ tīng wǔ zuì xǐng lái chóu
《水调》数声持酒听，午醉醒来愁
wèi xǐng sòng chūn chūn qù jǐ shí huí lín wǎn jìng shāng liú
未醒。送春春去几时回？临晚镜，伤流
jǐng wǎng shì hòu qī kōng jì xǐng shā shàng bìng qín chí
景，往事后期空记省。 沙上并禽池
shàng míng yún pò yuè lái huā nòng yǐng chóng chóng lián mù mì
上暝，云破月来花弄影。重重帘幕密
zhē dēng fēng bú dìng rén chū jìng míng rì luò hóng yīng mǎn
遮灯，风不定，人初静，明日落红应满
jìng
径。

huàn xī shā
浣溪沙
yàn shū
晏殊

yì qǔ xīn cí jiǔ yì bēi qù nián tiān qì jiù tíng
一曲新词酒一杯，去年天气旧亭
tái xī yáng xī xià jǐ shí huí wú kě nài hé
台。夕阳西下几时回？ 无可奈何

huā luò qù sì céng xiāng shí yàn guī lái xiǎo yuán xiāng jìng dú
花落去，似曾相识燕归来。小园香径独
pái huái
徘徊。

huàn xī shā
浣溪沙

yàn shū
晏殊

yì shǎng nián guāng yǒu xiàn shēn děng xián lí bié yì xiāo
一向年光有限身，等闲离别易销
hún jiǔ yán gē xí mò cí pín mǎn mù shān hé
魂。酒筵歌席莫辞频。满目山河
kōng niàn yuǎn luò huā fēng yǔ gèng shāng chūn bù rú lián qǔ yǎn
空念远，落花风雨更伤春。不如怜取眼
qián rén
前人。

dié liàn huā
蝶恋花

yàn shū
晏殊

jiàn jú chóu yān lán qì lù luó mù qīng hán yàn zi
槛菊愁烟兰泣露，罗幕轻寒，燕子
shuāng fēi qù míng yuè bù ān lí hèn kǔ xié guāng dào xiǎo
双飞去。明月不谙离恨苦，斜光到晓
chuān zhū hù zuó yè xī fēng diāo bì shù dú shàng
穿朱户。昨夜西风凋碧树，独上

gāo lóu wàng jìn tiān yá lù yù jì cǎi jiān jiān chǐ sù
高楼，望尽天涯路。欲寄彩笺兼尺素，
shān cháng shuǐ kuò zhī hé chù
山长水阔知何处！

cǎi sāng zǐ 采桑子 yàn shū 晏殊

shí guāng zhǐ jiě cuī rén lǎo bú xìn duō qíng cháng hèn
时光只解催人老，不信多情，长恨
lí tíng lèi dī chūn shān jiǔ yì xǐng wú tóng zuó yè
离亭，泪滴春衫酒易醒。梧桐昨夜
xī fēng jí dàn yuè lóng míng hǎo mèng pín jīng hé chù gāo lóu
西风急，淡月胧明，好梦频惊，何处高楼
yàn yì shēng
雁一声？

tà suō xíng 踏莎行 yàn shū 晏殊

xiǎo jìng hóng xī fāng jiāo lǜ biàn gāo tái shù sè yīn
小径红稀，芳郊绿遍。高台树色阴
yīn xiàn chūn fēng bù jiě jìn yáng huā méng méng luàn pū xíng rén
阴见。春风不解禁杨花，濛濛乱扑行人
miàn cuì yè cáng yīng zhū lián gé yàn lú xiāng jìng
面。翠叶藏莺，珠帘隔燕。炉香静

zhú yóu sī zhuǎn yì chǎng chóu mèng jiǔ xǐng shí xié yáng què
逐游丝转。一场愁梦酒醒时，斜阳却
zhào shēn shēn yuàn
照深深院。

pò zhèn zǐ 破阵子

yàn shū 晏殊

yàn zi lái shí xīn shè lí huā luò hòu qīng míng chí
燕子来时新社，梨花落后清明。池
shàng bì tái sān sì diǎn yè dǐ huáng lí yì liǎng shēng rì cháng
上碧苔三四点，叶底黄鹂一两声，日长
fēi xù qīng qiǎo xiào dōng lín nǚ bàn cǎi sāng jìng lǐ
飞絮轻。巧笑东邻女伴，采桑径里
féng yíng yí guài zuó xiāo chūn mèng hǎo yuán shì jīn zhāo dòu cǎo
逢迎。疑怪昨宵春梦好，元是今朝斗草
yíng xiào cóng shuāng liǎn shēng
赢，笑从双脸生。

yù lóu chūn 玉楼春

yàn shū 晏殊

lǜ yáng fāng cǎo cháng tíng lù nián shào pāo rén róng yì
绿杨芳草长亭路，年少抛人容易
qù lóu tóu cán mèng wǔ gēng zhōng huā dǐ lí chóu sān yuè
去。楼头残梦五更钟，花底离愁三月

yǔ　wú qíng bú sì duō qíng kǔ　yí cùn hái chéng qiān
雨。　无情不似多情苦，一寸还成千
wàn lǚ　tiān yá dì jiǎo yǒu qióng shí　zhǐ yǒu xiāng sī wú jìn
万缕。天涯地角有穷时，只有相思无尽
chù
处。

mù lán huā　sòng qí
木兰花　宋祁

dōng chéng jiàn jué fēng guāng hǎo　hú zhòu bō wén yíng kè
东城渐觉风光好，縠皱波纹迎客
zhào　lǜ yáng yān wài xiǎo hán qīng　hóng xìng zhī tóu chūn yì
棹。绿杨烟外晓寒轻，红杏枝头春意
nào　fú shēng cháng hèn huān yú shǎo　kěn ài qiān jīn
闹。　浮生长恨欢娱少，肯爱千金
qīng yí xiào　wèi jūn chí jiǔ quàn xié yáng　qiě xiàng huā jiān liú
轻一笑。为君持酒劝斜阳，且向花间留
wǎn zhào
晚照。

sū mù zhē　cǎo　méi yáo chén
苏幕遮（草）　梅尧臣

lù dī píng　yān shù yǎo　luàn bì qī qī　yǔ hòu
露堤平，烟墅杳。乱碧萋萋，雨后

jiāng tiān xiǎo dú yǒu yǔ láng nián zuì shào sū dì chūn páo
江天晓。独有庾郎年最少。窣地春袍，
nèn sè yí xiāng zhào jiē cháng tíng mí yuǎn dào kān
嫩色宜相照。 接长亭，迷远道。堪
yuàn wáng sūn bú jì guī qī zǎo luò jìn lí huā chūn yòu
怨王孙，不记归期早。落尽梨花春又
liǎo mǎn dì cán yáng cuì sè hé yān lǎo
了。满地残阳，翠色和烟老。

cǎi sāng zǐ

采桑子

ōu yáng xiū
欧阳修

qīng zhōu duǎn zhào xī hú hǎo lǜ shuǐ wēi yí fāng cǎo
轻舟短棹西湖好，绿水逶迤，芳草
cháng dī yǐn yǐn shēng gē chù chù suí wú fēng shuǐ
长堤，隐隐笙歌处处随。 无风水
miàn liú lí huá bù jué chuán yí wēi dòng lián yī jīng qǐ shā
面琉璃滑，不觉船移，微动涟漪，惊起沙
qín lüè àn fēi
禽掠岸飞。

cǎi sāng zǐ

采桑子

ōu yáng xiū
欧阳修

huà chuán zài jiǔ xī hú hǎo jí guǎn fán xián yù zhǎn
画船载酒西湖好，急管繁弦，玉盏

cuī chuán wěn fàn píng bō rèn zuì mián xíng yún què zài
催传，稳泛平波任醉眠。行云却在
xíng zhōu xià kōng shuǐ chéng xiān fǔ yǎng liú lián yí shì hú zhōng
行舟下，空水澄鲜，俯仰留连，疑是湖中
bié yǒu tiān
别有天。

cháozhōng cuò sòng liú zhòngyuán fǔ chūshǒuwéiyáng ōu yáng xiū
朝中措（送刘仲原甫出守维扬） 欧阳修

píng shān lán jiàn yǐ qíng kōng shān sè yǒu wú zhōng shǒu
平山阑槛倚晴空，山色有无中。手
zhòng táng qián chuí liǔ bié lái jǐ dù chūn fēng wén zhāng
种堂前垂柳，别来几度春风。文章
tài shǒu huī háo wàn zì yì yǐn qiān zhōng xíng lè zhí xū
太守，挥毫万字，一饮千钟。行乐直须
nián shào zūn qián kàn qǔ shuāiwēng
年少，尊前看取衰翁。

sù zhōng qíng ōu yáng xiū
诉衷情 欧阳修

qīng chén lián mù juǎn qīng shuāng hē shǒu shì méi zhuāng
清晨帘幕卷轻霜，呵手试梅妆。
dōu yuán zì yǒu lí hèn gù huà zuò yuǎn shān cháng sī
都缘自有离恨，故画作远山长。思

wǎng shì xī liú fāng yì chéng shāng nǐ gē xiān liǎn yù

往事，惜流芳，易成伤。拟歌先敛，欲

xiào hái pín zuì duàn rén cháng

笑还颦，最断人肠。

tà suō xíng
踏莎行

ōu yáng xiū
欧阳修

hòu guǎn méi cán xī qiáo liǔ xì cǎo xūn fēng nuǎn yáo

候馆梅残，溪桥柳细，草薰风暖摇

zhēng pèi lí chóu jiàn yuǎn jiàn wú qióng tiáo tiáo bú duàn rú chūn

征辔。离愁渐远渐无穷，迢迢不断如春

shuǐ cùn cùn róu cháng yíng yíng fěn lèi lóu gāo mò

水。寸寸柔肠，盈盈粉泪，楼高莫

jìn wēi lán yǐ píng wú jìn chù shì chūn shān xíng rén gèng zài

近危阑倚。平芜尽处是春山，行人更在

chūn shān wài

春山外。

shēng zha zǐ
生查子

ōu yáng xiū
欧阳修

qù nián yuán yè shí huā shì dēng rú zhòu yuè shàng liǔ

去年元夜时，花市灯如昼。月上柳

shāo tóu rén yuē huáng hūn hòu jīn nián yuán yè shí

梢头，人约黄昏后。今年元夜时，

yuè yǔ dēng yī jiù bú jiàn qù nián rén lèi mǎn chūn shān xiù
月与灯依旧。不见去年人，泪满春衫袖。

yù lóu chūn 玉楼春 ōu yáng xiū 欧阳修

zūn qián nǐ bǎ guī qī shuō wèi yǔ chūn róng xiān cǎn yè
尊前拟把归期说，未语春容先惨咽。
rén shēng zì shì yǒu qíng chī cǐ hèn bù guān fēng yǔ yuè
人生自是有情痴，此恨不关风与月。
lí gē qiě mò fān xīn què yì qǔ néng jiào cháng cùn jié
离歌且莫翻新阕，一曲能教肠寸结。
zhí xū kàn jìn luò chéng huā shǐ gòng chūn fēng róng yì bié
直须看尽洛城花，始共春风容易别。

yù lóu chūn 玉楼春 ōu yáng xiū 欧阳修

bié hòu bù zhī jūn yuǎn jìn chù mù qī liáng duō shǎo mèn
别后不知君远近，触目凄凉多少闷。
jiàn xíng jiàn yuǎn jiàn wú shū shuǐ kuò yú chén hé chù
渐行渐远渐无书，水阔鱼沉何处

wèn yè shēn fēng zhú qiāo qiū yùn wàn yè qiān shēng jiē
问。 夜深风竹敲秋韵，万叶千声皆
shì hèn gù yǐ dān zhěn mèng zhōng xún mèng yòu bù chéng dēng
是恨。故欹单枕梦中寻，梦又不成灯
yòu jìn
又烬。

làng táo shā
浪淘沙
ōu yáng xiū
欧阳修

bǎ jiǔ zhù dōng fēng qiě gòng cóng róng chuí yáng zǐ mò
把酒祝东风，且共从容，垂杨紫陌
luò chéng dōng zǒng shì dāng shí xié shǒu chù yóu biàn fāng
洛城东。总是当时携手处，游遍芳
cóng jù sàn kǔ cōng cōng cǐ hèn wú qióng jīn nián
丛。 聚散苦匆匆，此恨无穷。今年
huā shèng qù nián hóng kě xī míng nián huā gèng hǎo zhī yǔ shuí
花胜去年红。可惜明年花更好，知与谁
tóng
同？

dié liàn huā
蝶恋花
ōu yáng xiū
欧阳修

tíng yuàn shēn shēn shēn jǐ xǔ yáng liǔ duī yān lián mù
庭院深深深几许？杨柳堆烟，帘幕

wú chóng shù yù lè diāo ān yóu yě chù lóu gāo bú jiàn zhāng
无重数。玉勒雕鞍游冶处，楼高不见章

tái lù yǔ héng fēng kuáng sān yuè mù mén yǎn huáng
台路。雨横风狂三月暮，门掩黄

hūn wú jì liú chūn zhù lèi yǎn wèn huā huā bù yǔ luàn
昏，无计留春住。泪眼问花花不语，乱

hóng fēi guò qiū qiān qù
红飞过秋千去。

guì zhī xiāng jīn líng huái gǔ wáng ān shí
桂枝香（金陵怀古） 王安石

dēng lín sòng mù zhèng gù guó wǎn qiū tiān qì chū sù
登临送目，正故国晚秋，天气初肃。

qiān lǐ chéng jiāng sì liàn cuì fēng rú cù zhēng fān qù zhào cán
千里澄江似练，翠峰如簇。征帆去棹残

yáng lǐ bèi xī fēng jiǔ qí xié chù cǎi zhōu yún dàn xīng
阳里，背西风，酒旗斜矗。彩舟云淡，星

hé lù qǐ huà tú nán zú niàn wǎng xī fán huá
河鹭起，画图难足。念往昔，繁华

jìng zhú tàn mén wài lóu tóu bēi hèn xiāng xù qiān gǔ píng
竞逐，叹门外楼头，悲恨相续。千古凭

gāo duì cǐ màn jiē róng rǔ liù cháo jiù shì suí liú shuǐ
高对此，谩嗟荣辱。六朝旧事随流水，

dàn hán yān shuāi cǎo níng lǜ zhì jīn shāng nǚ shí shí yóu
但寒烟衰草凝绿。至今商女，时时犹

chàng hòu tíng yí qǔ
唱，《后庭》遗曲。

làng táo shā lìng 浪淘沙令 wáng ān shí 王安石

yī lǚ liǎng shuāi wēng lì biàn qióng tōng yī wéi diào sǒu
伊吕两衰翁，历遍穷通。一为钓叟
yì gēng yōng ruò shǐ dāng shí shēn bú yù lǎo le yīng xióng
一耕佣。若使当时身不遇，老了英雄。
tāng wǔ ǒu xiāng féng fēng hǔ yún lóng xīng wàng zhǐ zài
汤武偶相逢，风虎云龙。兴王只在
xiào tán zhōng zhí zhì rú jīn qiān zǎi hòu shuí yǔ zhēng gōng
笑谈中。直至如今千载后，谁与争功！

qiān qiū suì yǐn 千秋岁引 wáng ān shí 王安石

bié guǎn hán zhēn gū chéng huà jiǎo yí pài qiū shēng rù
别馆寒砧，孤城画角，一派秋声入
liáo kuò dōng guī yàn cóng hǎi shàng qù nán lái yàn xiàng shā tóu
寥廓。东归燕从海上去，南来雁向沙头
luò chǔ tái fēng yǔ lóu yuè wǎn rú zuó wú
落。楚台风，庾楼月，宛如昨。 无
nài bèi xiē míng lì fù wú nài bèi tā qíng dān gé kě xī
奈被些名利缚，无奈被他情担阁。可惜

fēng liú zǒng xián què dāng chū màn liú huá biǎo yǔ ér jīn wù
风流总闲却。当初谩留华表语，而今误
wǒ qín lóu yuē mèng lán shí jiǔ xǐng hòu sī liáng zhe
我秦楼约。梦阑时，酒醒后，思量着。

lín jiāng xiān
临江仙 yàn jī dào 晏几道

mèng hòu lóu tái gāo suǒ jiǔ xǐng lián mù dī chuí qù
梦后楼台高锁，酒醒帘幕低垂。去
nián chūn hèn què lái shí luò huā rén dú lì wēi yǔ yàn
年春恨却来时。落花人独立，微雨燕
shuāng fēi jì de xiǎo pín chū jiàn liǎng chóng xīn zì
双飞。记得小蘋初见，两重心字
luó yī pí pá xián shàng shuō xiāng sī dāng shí míng yuè zài
罗衣。琵琶弦上说相思。当时明月在，
céng zhào cǎi yún guī
曾照彩云归。

dié liàn huā
蝶恋花 yàn jī dào 晏几道

zuì bié xī lóu xǐng bú jì chūn mèng qiū yún jù sàn
醉别西楼醒不记，春梦秋云，聚散
zhēn róng yì xié yuè bàn chuāng hái shǎo shuì huà píng xián zhǎn
真容易。斜月半窗还少睡，画屏闲展

wú shān cuì　　　　　yī shàng jiǔ hén shī lǐ zì　diǎn diǎn háng
吴山翠。　衣上酒痕诗里字，点点行
háng　zǒng shì qī liáng yì　hóng zhú zì lián wú hǎo jì　yè
行，总是凄凉意。红烛自怜无好计，夜
hán kōng tì rén chuí lèi
寒空替人垂泪。

zhè gū tiān
鹧鸪天

yàn jǐ dào
晏几道

cǎi xiù yīn qín pěng yù zhōng　dāng nián pàn què zuì yán
彩袖殷勤捧玉钟，当年拚却醉颜
hóng　wǔ dī yáng liǔ lóu xīn yuè　gē jìn táo huā shàn dǐ
红。舞低杨柳楼心月，歌尽桃花扇底
fēng　　　　cóng bié hòu　yì xiāng féng　jǐ huí hún mèng yǔ
风。　从别后，忆相逢，几回魂梦与
jūn tóng　jīn xiāo shèng bǎ yín gāng zhào　yóu kǒng xiāng féng shì mèng
君同？今宵剩把银釭照，犹恐相逢是梦
zhōng
中。

zhè gū tiān
鹧鸪天

yàn jǐ dào
晏几道

zuì pāi chūn shān xī jiù xiāng　tiān jiāng lí hèn nǎo shū
醉拍春衫惜旧香。天将离恨恼疏

kuáng nián nián mò shàng shēng qiū cǎo rì rì lóu zhōng dào xī
狂。年年陌上生秋草，日日楼中到夕

yáng yún miǎo miǎo shuǐ máng máng zhēng rén guī lù
阳。云渺渺，水茫茫。征人归路

xǔ duō cháng xiāng sī běn shì wú píng yǔ mò xiàng huā jiān fèi
许多长。相思本是无凭语，莫向花笺费

lèi háng
泪行！

zhè gū tiān 鹧鸪天 yàn jī dào 晏几道

xiǎo lìng zūn qián jiàn yù xiāo yín dēng yì qǔ tài yāo
小令尊前见玉箫，银灯一曲太妖

ráo gē zhōng zuì dǎo shuí néng hèn chàng bà guī lái jiǔ wèi
娆。歌中醉倒谁能恨？唱罢归来酒未

xiāo chūn qiǎo qiǎo yè tiáo tiáo bì yún tiān gòng chǔ
消。春悄悄，夜迢迢。碧云天共楚

gōng yáo mèng hún guàn dé wú jū jiǎn yòu tà yáng huā guò xiè
宫遥。梦魂惯得无拘检，又踏杨花过谢

qiáo
桥。

zhè gū tiān yàn jī dào
鹧鸪天 晏几道

shí lǐ lóu tái yǐ cuì wēi bǎi huā shēn chù dù juān
十里楼台倚翠微，百花深处杜鹃
tí yīn qín zì yǔ xíng rén yǔ bú sì liú yīng qǔ cì
啼。殷勤自与行人语，不似流莺取次
fēi jīng mèng jué nòng qíng shí shēng shēng zhǐ dào
飞。 惊梦觉，弄晴时。声声只道
bù rú guī tiān yá qǐ shì wú guī yì zhēng nài guī qī wèi
不如归。天涯岂是无归意，争奈归期未
kě qī
可期。

pú sà mán yàn jī dào
菩萨蛮 晏几道

āi zhēng yí nòng xiāng jiāng qǔ shēng shēng xiě jìn xiāng bō
哀筝一弄湘江曲，声声写尽湘波
lǜ xiān zhǐ shí sān xián xì jiāng yōu hèn chuán dāng
绿。纤指十三弦，细将幽恨传。 当
yán qiū shuǐ màn yù zhù xié fēi yàn tán dào duàn cháng shí
筵秋水慢，玉柱斜飞雁。弹到断肠时，
chūn shān méi dài dī
春山眉黛低。

yù lóu chūn yàn jī dào

玉楼春 晏几道

dōng fēng yòu zuò wú qíng jì yàn fěn jiāo hóng chuī mǎn
东风又作无情计，艳粉娇红吹满
dì bì lóu lián yǐng bù zhē chóu hái sì qù nián jīn rì
地。碧楼帘影不遮愁，还似去年今日
yì shuí zhī cuò guǎn chūn cán shì dào chù dēng lín céng
意。　谁知错管春残事，到处登临曾
fèi lèi cǐ shí jīn zhǎn zhí xū shēn kàn jìn luò huā néng jǐ
费泪。此时金盏直须深，看尽落花能几
zuì
醉！

guī tián lè yàn jī dào

归田乐 晏几道

shì bǎ huā qī shǔ biàn zǎo yǒu gǎn chūn qíng xù
试把花期数。便早有、感春情绪。
kàn jí méi huā tǔ yuàn huā gèng bú xiè chūn qiě cháng zhù
看即梅花吐。愿花更不谢，春且长住。
zhǐ kǒng huā fēi yòu chūn qù huā kāi hái bù yǔ
只恐花飞又春去。　花开还不语。
wèn cǐ yì nián nián chūn hái huì fǒu jiàng chún qīng bìn jiàn
问此意、年年春还会否？绛唇青鬓，渐

shǎo huā qián yǔ duì huā yòu jì dé jiù céng yóu chù mén
少花前语。对花又记得、旧曾游处。门
wài chuí yáng wèi piāo xù
外垂杨未飘絮。

sī yuǎn rén
思远人

yàn jī dào
晏几道

hóng yè huáng huā qiū yì wǎn qiān lǐ niàn xíng kè fēi
红叶黄花秋意晚，千里念行客。飞
yún guò jìn guī hóng wú xìn hé chù jì shū dé
云过尽，归鸿无信，何处寄书得？
lèi tán bú jìn lín chuāng dī jiù yàn xuán yán mò jiàn xiě
泪弹不尽临窗滴，就砚旋研墨。渐写
dào bié lái cǐ qíng shēn chù hóng jiān wéi wú sè
到别来，此情深处，红笺为无色。

bǔ suàn zǐ sòng bào hào rán zhī zhè dōng
卜算子（送鲍浩然之浙东）

wáng guān
王观

shuǐ shì yǎn bō héng shān shì méi fēng jù yù wèn xíng
水是眼波横，山是眉峰聚。欲问行
rén qù nǎ biān méi yǎn yíng yíng chù cái shǐ sòng
人去那边？眉眼盈盈处。才始送
chūn guī yòu sòng jūn guī qù ruò dào jiāng nán gǎn shàng chūn
春归，又送君归去。若到江南赶上春，

qiān wàn hé chūn zhù
千万和春住。

shuǐ lóng yín　cì yùnzhāng zhì fū yánghuā cí　sū shì
水龙吟(次韵章质夫杨花词)　苏轼

sì huā hái sì fēi huā　yě wú rén xī zòng jiāo zhuì
似花还似非花，也无人惜从教坠。
pāo jiā bàng lù　sī liáng què shì　wú qíng yǒu sī　yíng sǔn
抛家傍路，思量却是，无情有思。萦损
róu cháng　kùn hān jiāo yǎn　yù kāi hái bì　mèng suí fēng wàn
柔肠，困酣娇眼，欲开还闭。梦随风万
lǐ　xún láng qù chù　yòu hái bèi　yīng hū qǐ　bú
里，寻郎去处，又还被、莺呼起。　不
hèn cǐ huā fēi jìn　hèn xī yuán　luò hóng nán zhuì　xiǎo lái
恨此花飞尽，恨西园、落红难缀。晓来
yǔ guò　yí zōng hé zài　yì chí píng suì　chūn sè sān fēn
雨过，遗踪何在，一池萍碎。春色三分，
èr fēn chén tǔ　yì fēn liú shuǐ　xì kàn lái　bú shì yáng
二分尘土，一分流水。细看来，不是杨
huā　diǎn diǎn shì　lí rén lèi
花，点点是，离人泪。

mǎn tíng fāng　sū shì

满庭芳　苏轼

wō jiǎo xū míng　yíng tóu wēi lì　suàn lái zhuó shèn gān
蜗角虚名，蝇头微利，算来着甚干
máng　shì jiē qián dìng　shuí ruò yòu shuí qiáng　qiě chèn xián shēn
忙。事皆前定，谁弱又谁强。且趁闲身
wèi lǎo　xū fàng wǒ　xiē zi shū kuáng　bǎi nián lǐ　hún jiào
未老，须放我、些子疏狂。百年里，浑教
shì zuì　sān wàn liù qiān chǎng　sī liáng　néng jǐ xǔ
是醉，三万六千场。　思量、能几许？
yōu chóu fēng yǔ　yí bàn xiāng fáng　yòu hé xū dǐ sǐ　shuō
忧愁风雨，一半相妨。又何须抵死，说
duǎn lùn cháng　xìng duì qīng fēng hào yuè　tái yīn zhǎn　yún mù
短论长。幸对清风皓月，苔茵展、云幕
gāo zhāng　jiāng nán hǎo　qiān zhōng měi jiǔ　yì qǔ　mǎn tíng
高张。江南好，千钟美酒，一曲《满庭
fāng
芳》。

shuǐ diào gē tóu　huángzhōukuài zāi tíngzèngzhāng wò quán　sū shì

水调歌头（黄州快哉亭赠张偓佺）　苏轼

luò rì xiù lián juǎn　tíng xià shuǐ lián kōng　zhī jūn wèi
落日绣帘卷，亭下水连空。知君为

wǒ xīn zuò chuāng hù shī qīng hóng cháng jì píng shān táng shàng
我新作，窗户湿青红。长记平山堂上，
yǐ zhěn jiāng nán yān yǔ yǎo yǎo mò gū hóng rèn de zuì wēng
欹枕江南烟雨，杳杳没孤鸿。认得醉翁
yǔ shān sè yǒu wú zhōng yì qiān qǐng dōu jìng
语："山色有无中。" 一千顷，都镜
jìng dào bì fēng hū rán làng qǐ xiān wǔ yí yè bái tóu
净，倒碧峰。忽然浪起，掀舞一叶白头
wēng kān xiào lán tái gōng zǐ wèi jiě zhuāng shēng tiān lài gāng
翁。堪笑兰台公子，未解庄生天籁，刚
dào yǒu cí xióng yì diǎn hào rán qì qiān lǐ kuài zāi fēng
道有雌雄。一点浩然气，千里快哉风。

shuǐ diào gē tóu
水调歌头
sū shì
苏轼

bǐng chén zhōng qiū huān yǐn dá dàn dà zuì zuò cǐ piān
丙辰中秋，欢饮达旦，大醉，作此篇。
jiān huái zǐ yóu
兼怀子由。

míng yuè jǐ shí yǒu bǎ jiǔ wèn qīng tiān bù zhī
明月几时有？把酒问青天。不知
tiān shàng gōng què jīn xī shì hé nián wǒ yù chéng fēng guī
天上宫阙，今夕是何年。我欲乘风归
qù yòu kǒng qióng lóu yù yǔ gāo chù bù shēng hán qǐ wǔ
去，又恐琼楼玉宇，高处不胜寒。起舞

nòng qīng yǐng hé sì zài rén jiān zhuǎn zhū gé dī
弄清影，何似在人间！　转朱阁，低
qǐ hù zhào wú mián bù yīng yǒu hèn hé shì cháng xiàng bié
绮户，照无眠。不应有恨，何事长向别
shí yuán rén yǒu bēi huān lí hé yuè yǒu yīn qíng yuán quē
时圆？人有悲欢离合，月有阴晴圆缺，
cǐ shì gǔ nán quán dàn yuàn rén cháng jiǔ qiān lǐ gòng chán
此事古难全。但愿人长久，千里共婵
juān
娟。

niàn nú jiāo chì bì huái gǔ sū shì
念奴娇（赤壁怀古）　苏轼

dà jiāng dōng qù làng táo jìn qiān gǔ fēng liú rén wù
大江东去，浪淘尽，千古风流人物。
gù lěi xī biān rén dào shì sān guó zhōu láng chì bì luàn
故垒西边，人道是、三国周郎赤壁。乱
shí chuān kōng jīng tāo pāi àn juǎn qǐ qiān duī xuě jiāng shān
石穿空，惊涛拍岸，卷起千堆雪。江山
rú huà yì shí duō shǎo háo jié yáo xiǎng gōng jǐn dāng
如画，一时多少豪杰！　遥想公瑾当
nián xiǎo qiáo chū jià liǎo xióng zī yīng fā yǔ shàn guān jīn
年，小乔初嫁了，雄姿英发。羽扇纶巾，
tán xiào jiān qiáng lǔ huī fēi yān miè gù guó shén yóu duō
谈笑间，樯橹灰飞烟灭。故国神游，多

qíng yīng xiào wǒ zǎo shēng huá fà rén shēng rú mèng yì zūn
情应笑我，早生华发。人生如梦，一樽
hái lèi jiāng yuè
还酹江月。

lín jiāng xiān yè guī lín gāo sū shì
临江仙（夜归临皋） 苏轼

yè yǐn dōng pō xǐng fù zuì guī lái fǎng fú sān gēng
夜饮东坡醒复醉，归来仿佛三更。
jiā tóng bí xī yǐ léi míng qiāo mén dōu bú yìng yǐ zhàng tīng
家童鼻息已雷鸣。敲门都不应，倚杖听
jiāng shēng cháng hèn cǐ shēn fēi wǒ yǒu hé shí wàng
江声。长恨此身非我有，何时忘
què yíng yíng yè lán fēng jìng hú wén píng xiǎo zhōu cóng cǐ
却营营？夜阑风静縠纹平。小舟从此
shì jiāng hǎi jì yú shēng
逝，江海寄余生。

zhè gū tiān sū shì
鹧鸪天 苏轼

lín duàn shān míng zhú yǐn qiáng luàn chán shuāi cǎo xiǎo chí
林断山明竹隐墙，乱蝉衰草小池
táng fān kōng bái niǎo shí shí jiàn zhào shuǐ hóng qú xì xì
塘。翻空白鸟时时见，照水红蕖细细

xiāng cūn shè wài gǔ chéng páng zhàng lí xú bù

香。 村舍外，古城旁。杖藜徐步

zhuǎn xié yáng yīn qín zuó yè sān gēng yǔ yòu dé fú shēng yí

转斜阳。殷勤昨夜三更雨，又得浮生一

rì liáng

日凉。

shào nián yóu
少年游

sū shì
苏轼

rùn zhōu zuò dài rén jì yuǎn

润州作，代人寄远。

qù nián xiāng sòng yú háng mén wài fēi xuě sì yáng huā

去年相送，余杭门外，飞雪似杨花。

jīn nián chūn jìn yáng huā sì xuě yóu bú jiàn huán jiā

今年春尽，杨花似雪，犹不见还家。

duì jiǔ juǎn lián yāo míng yuè fēng lù tòu chuāng shā qià

对酒卷帘邀明月，风露透窗纱。恰

sì héng é lián shuāng yàn fēn míng zhào huà liáng xiá

似姮娥怜双燕，分明照、画梁斜。

dìng fēng bō
定风波

sū shì
苏轼

sān yuè qī rì shā hú dào zhōng yù yǔ yǔ jù xiān qù

三月七日，沙湖道中遇雨。雨具先去，

tóng xíng jiē láng bèi yú bù jué yǐ ér suì qíng gù zuò cǐ
同行皆狼狈，余不觉。已而遂晴，故作此。

mò tīng chuān lín dǎ yè shēng hé fáng yín xiào qiě xú
莫听穿林打叶声，何妨吟啸且徐

xíng zhú zhàng máng xié qīng shèng mǎ shuí pà yì suō yān
行。竹杖芒鞋轻胜马，谁怕？一蓑烟

yǔ rèn píng shēng liào qiào chūn fēng chuī jiǔ xǐng wēi
雨任平生。 料峭春风吹酒醒，微

lěng shān tóu xié zhào què xiāng yíng huí shǒu xiàng lái xiāo sè
冷，山头斜照却相迎。回首向来萧瑟

chù guī qù yě wú fēng yǔ yě wú qíng
处，归去，也无风雨也无晴。

nán gē zǐ yóu shǎng sū shì
南歌子（游赏） 苏轼

shān yǔ gē méi liǎn bō tóng zuì yǎn liú yóu rén dōu
山与歌眉敛，波同醉眼流。游人都

shàng shí sān lóu bú xiàn zhú xī gē chuī gǔ yáng zhōu
上十三楼。不羡竹西歌吹、古扬州。

gū shǔ lián chāng chù qióng yí dào yù zhōu shuí jiā shuǐ diào
菰黍连昌歜，琼彝倒玉舟。谁家水调

chàng gē tóu shēng rào bì shān fēi qù wǎn yún liú
唱歌头。声绕碧山飞去、晚云留。

望江南（超然台作）

苏轼

春未老，风细柳斜斜。试上超然台上看，半壕春水一城花。烟雨暗千家。寒食后，酒醒却咨嗟。休对故人思故国，且将新火试新茶。诗酒趁年华。

卜算子

苏轼

黄州定惠院寓居作。

缺月挂疏桐，漏断人初静。谁见幽人独往来？缥渺孤鸿影。惊起却回头，有恨无人省。拣尽寒枝不肯栖，寂寞沙洲冷。

dòng xiān gē　sū shì

洞仙歌　苏轼

bīng jī yù gǔ　zì qīng liáng wú hán　shuǐ diàn fēng lái
冰肌玉骨，自清凉无汗。水殿风来
àn xiāng mǎn　xiù lián kāi　yì diǎn míng yuè kuī rén　rén wèi
暗香满。绣帘开，一点明月窥人，人未
qǐn　yǐ zhěn chāi héng bìn luàn　qǐ lái xié sù shǒu
寝，攲枕钗横鬓乱。　起来携素手，
tíng hù wú shēng　shí jiàn shū xīng dù hé hàn　shì wèn yè rú
庭户无声，时见疏星渡河汉。试问夜如
hé　yè yǐ sān gēng　jīn bō dàn　yù shéng dī zhuǎn　dàn
何？夜已三更，金波淡，玉绳低转。但
qū zhǐ　xī fēng jǐ shí lái　yòu bú dào　liú nián àn zhōng tōu
屈指、西风几时来，又不道、流年暗中偷
huàn
换。

ruǎn láng guī　chū xià　sū shì

阮郎归（初夏）　苏轼

lǜ huái gāo liǔ yè xīn chán　xūn fēng chū rù xián　bì
绿槐高柳咽新蝉，薰风初入弦。碧
shā chuāng xià shuǐ chén yān　qí shēng jīng zhòu mián　wēi
纱窗下水沉烟，棋声惊昼眠。　微

yǔ guò xiǎo hé fān liú huā kāi yù rán yù pén xiān shǒu
雨过，小荷翻。榴花开欲燃。玉盆纤手
nòng qīng quán qióng zhū suì què yuán
弄清泉，琼珠碎却圆。

jiāngchéng zǐ
江城子
sū shì
苏轼

hú shàng yǔ zhāng xiān tóng fù shí wén tán zhēng
湖上与张先同赋，时闻弹筝。

fèng huáng shān xià yǔ chū qíng shuǐ fēng qīng wǎn xiá míng
凤凰山下雨初晴，水风清，晚霞明。
yì duǒ fú qú kāi guò shàng yíng yíng hé chù fēi lái shuāng
一朵芙蕖，开过尚盈盈。何处飞来双
bái lù rú yǒu yì mù pīng tíng hū wén jiāng shàng
白鹭，如有意，慕娉婷。 忽闻江上
nòng āi zhēng kǔ hán qíng qiǎn shuí tīng yān liǎn yún shōu yī
弄哀筝，苦含情，遣谁听！烟敛云收，依
yuē shì xiāng líng yù dài qǔ zhōng xún wèn qǔ rén bú jiàn
约是湘灵。欲待曲终寻问取，人不见，
shù fēng qīng
数峰青。

江城子（密州出猎） 苏轼

老夫聊发少年狂，左牵黄，右擎苍，锦帽貂裘，千骑卷平冈。为报倾城随太守，亲射虎，看孙郎。　酒酣胸胆尚开张，鬓微霜，又何妨！持节云中，何日遣冯唐？会挽雕弓如满月，西北望，射天狼。

江城子（别徐州） 苏轼

天涯流落思无穷！既相逢，却匆匆。携手佳人，和泪折残红。为问东风余几许？春纵在，与谁同！　隋堤三

yuè shuǐ róng róng bèi guī hóng qù wú zhōng huí shǒu péng
月水溶溶。背归鸿，去吴中。回首彭
chéng qīng sì yǔ huái tōng yù jì xiāng sī qiān diǎn lèi liú
城，清泗与淮通。欲寄相思千点泪，流
bú dào chǔ jiāng dōng
不到，楚江东。

jiāng chéng zǐ
江城子

sū shì
苏轼

yǐ mǎo zhēng yuè èr shí rì yè jì mèng
乙卯正月二十日夜记梦。

shí nián shēng sǐ liǎng máng máng bù sī liáng zì nán
十年生死两茫茫，不思量，自难
wàng qiān lǐ gū fén wú chù huà qī liáng zòng shǐ xiāng féng
忘。千里孤坟，无处话凄凉。纵使相逢
yīng bù shí chén mǎn miàn bìn rú shuāng yè shēn yōu
应不识，尘满面，鬓如霜。 夜深幽
mèng hū huán xiāng xiǎo xuān chuāng zhèng shū zhuāng xiāng gù wú
梦忽还乡，小轩窗，正梳妆。相顾无
yán wéi yǒu lèi qiān háng liào dé nián nián cháng duàn chù míng
言，惟有泪千行。料得年年肠断处，明
yuè yè duǎn sōng gāng
月夜，短松冈。

dié liàn huā
蝶恋花

sū shì
苏轼

huā tuì cán hóng qīng xìng xiǎo yàn zi fēi shí lǜ shuǐ
花褪残红青杏小。燕子飞时，绿水
rén jiā rào zhī shàng liǔ mián chuī yòu shǎo tiān yá hé chù wú
人家绕。枝上柳绵吹又少，天涯何处无
fāng cǎo qiáng lǐ qiū qiān qiáng wài dào qiáng wài xíng
芳草！　墙里秋千墙外道。墙外行
rén qiáng lǐ jiā rén xiào xiào jiàn bù wén shēng jiàn qiǎo duō
人，墙里佳人笑。笑渐不闻声渐悄，多
qíng què bèi wú qíng nǎo
情却被无情恼。

yǒng yù lè
永遇乐

sū shì
苏轼

péngchéng yè sù yàn zi lóu mèng pàn pan yīn zuò cǐ cí
彭城夜宿燕子楼，梦盼盼，因作此词。

míng yuè rú shuāng hǎo fēng rú shuǐ qīng jǐng wú xiàn
明月如霜，好风如水，清景无限。
qū gǎng tiào yú yuán hé xiè lù jì mò wú rén jiàn dǎn
曲港跳鱼，圆荷泻露，寂寞无人见。紞
rú sān gǔ kēng rán yí yè àn àn mèng yún jīng duàn yè
如三鼓，铿然一叶，黯黯梦云惊断。夜

mángmáng chóng xún wú chù jué lái xiǎo yuán xíng biàn
茫茫、重寻无处，觉来小园行遍。
tiān yá juàn kè shān zhōng guī lù wàng duàn gù yuán xīn yǎn
天涯倦客，山中归路，望断故园心眼。
yàn zi lóu kōng jiā rén hé zài kōng suǒ lóu zhōng yàn gǔ
燕子楼空，佳人何在，空锁楼中燕。古
jīn rú mèng hé céng mèng jué dàn yǒu jiù huān xīn yuàn yì
今如梦，何曾梦觉，但有旧欢新怨。异
shí duì huáng lóu yè jǐng wèi yú hào tàn
时对、黄楼夜景，为余浩叹。

huàn xī shā 浣溪沙

sū shì 苏轼

yóu qí shuǐ qīng quán sì sì lín lán xī xī shuǐ xī liú
游蕲水清泉寺，寺临兰溪，溪水西流。
shān xià lán yá duǎn jìn xī sōng jiān shā lù jìng wú
山下兰芽短浸溪，松间沙路净无
ní xiāo xiāo mù yǔ zǐ guī tí shuí dào rén shēng wú
泥，萧萧暮雨子规啼。 谁道人生无
zài shào mén qián liú shuǐ shàng néng xī xiū jiāng bái fà chàng
再少？门前流水尚能西，休将白发唱
huáng jī
黄鸡。

huàn xī shā
浣溪沙

sū shì
苏轼

sù sù yī jīn luò zǎo huā cūn nán cūn běi xiǎng sāo
簌簌衣巾落枣花，村南村北响缫

chē niú yī gǔ liǔ mài huáng guā jiǔ kùn lù cháng
车，牛衣古柳卖黄瓜。 酒困路长

wéi yù shuì rì gāo rén kě màn sī chá qiāo mén shì wèn yě
惟欲睡，日高人渴漫思茶，敲门试问野

rén jiā
人家。

bǔ suàn zǐ
卜算子

lǐ zhī yí
李之仪

wǒ zhù chángjiāng tóu jūn zhù chángjiāng wěi rì rì sī
我住长江头，君住长江尾。日日思

jūn bú jiàn jūn gòng yǐn chángjiāng shuǐ cǐ shuǐ jǐ shí
君不见君，共饮长江水。 此水几时

xiū cǐ hèn hé shí yǐ zhǐ yuàn jūn xīn sì wǒ xīn dìng
休，此恨何时已。只愿君心似我心，定

bú fù xiāng sī yì
不负相思意。

shuǐ diào gē tóu

水调歌头

huángtíngjiān
黄庭坚

yáo cǎo yī hé bì chūn rù wǔ líng xī xī shàng táo
瑶草一何碧，春入武陵溪。溪上桃
huā wú shù zhī shàng yǒu huáng lí wǒ yù chuān huā xún lù
花无数，枝上有黄鹂。我欲穿花寻路，
zhí rù bái yún shēn chù hào qì zhǎn hóng ní zhǐ kǒng huā shēn
直入白云深处，浩气展虹霓。只恐花深
lǐ hóng lù shī rén yī zuò yù shí yǐ yù zhěn
里，红露湿人衣。　坐玉石，倚玉枕，
fú jīn huī zhé xiān hé chù wú rén bàn wǒ bái luó bēi
拂金徽。谪仙何处，无人伴我白螺杯。
wǒ wèi líng zhī xiān cǎo bú wèi zhū chún dān liǎn cháng xiào yì
我为灵芝仙草，不为朱唇丹脸，长啸亦
hé wéi zuì wǔ xià shān qù míng yuè zhú rén guī
何为？醉舞下山去，明月逐人归。

dìng feng bō

定风波

huángtíngjiān
黄庭坚

wàn lǐ qián zhōng yī lòu tiān wū jū zhōng rì sì chéng
万里黔中一漏天，屋居终日似乘
chuán jí zhì chóngyáng tiān yě jì cuī zuì guǐ mén guān wài
船。及至重阳天也霁，催醉，鬼门关外

shǔ jiāng qián mò xiào lǎo wēng yóu qì àn jūn kàn
蜀江前。 莫笑老翁犹气岸，君看，
jǐ rén huáng jú shàng huá diān xì mǎ tái nán zhuī liǎng xiè
几人黄菊上华颠？戏马台南追两谢，
chí shè fēng liú yóu pāi gǔ rén jiān
驰射，风流犹拍古人肩。

qīng píng yuè 清平乐

huángtíngjiān 黄庭坚

chūn guī hé chù jì mò wú xíng lù ruò yǒu rén
春归何处？寂寞无行路。若有人
zhī chūn qù chù huàn qǔ guī lái tóng zhù chūn wú zōng
知春去处，唤取归来同住。 春无踪
jì shuí zhī chú fēi wèn qǔ huáng lí bǎi zhuàn wú rén néng
迹谁知？除非问取黄鹂。百啭无人能
jiě yīn fēng fēi guò qiáng wēi
解，因风飞过蔷薇。

wàng hǎi cháo 望海潮

qín guān 秦观

méi yīng shū dàn bīng sī róng xiè dōng fēng àn huàn nián
梅英疏淡，冰澌溶泄，东风暗换年
huá jīn gǔ jùn yóu tóng tuó xiàng mò xīn qíng xì lǚ píng
华。金谷俊游，铜驼巷陌，新晴细履平

shā cháng jì wù suí chē zhèng xù fān dié wǔ fāng sī jiāo
沙。长记误随车，正絮翻蝶舞，芳思交

jiā liǔ xià táo xī luàn fēn chūn sè dào rén jiā
加。柳下桃蹊，乱分春色到人家。

xī yuán yè yǐn míng jiā yǒu huá dēng ài yuè fēi gài fáng huā
西园夜饮鸣笳，有华灯碍月，飞盖妨花。

lán yuàn wèi kōng xíng rén jiàn lǎo chóng lái shì shì kān jiē
兰苑未空，行人渐老，重来是事堪嗟。

yān míng jiǔ qí xiá dàn yǐ lóu jí mù shí jiàn qī yā
烟暝酒旗斜，但倚楼极目，时见栖鸦。

wú nài guī xīn àn suí liú shuǐ dào tiān yá
无奈归心，暗随流水到天涯。

mǎn tíng fāng qín guān

满庭芳 秦观

shān mǒ wēi yún tiān lián shuāi cǎo huà jiǎo shēng duàn qiáo
山抹微云，天连衰草，画角声断谯

mén zàn tíng zhēng zhào liáo gòng yǐn lí zūn duō shǎo péng lái
门。暂停征棹，聊共引离尊。多少蓬莱

jiù shì kōng huí shǒu yān ǎi fēn fēn xié yáng wài hán yā
旧事，空回首，烟霭纷纷。斜阳外，寒鸦

wàn diǎn liú shuǐ rào gū cūn xiāo hún dāng cǐ jì
万点，流水绕孤村。 销魂，当此际，

xiāng náng àn jiě luó dài qīng fēn màn yíng dé qīng lóu bó
香囊暗解，罗带轻分。漫赢得青楼，薄

xìng míng cún cǐ qù hé shí jiàn yě jīn xiù shàng kōng rě
幸名存。此去何时见也，襟袖上，空惹
tí hén shāng qíng chù gāo chéng wàng duàn dēng huǒ yǐ huáng
啼痕。伤情处，高城望断，灯火已黄
hūn
昏。

jiāng chéng zǐ qín guān
江城子 秦观

xī chéng yáng liǔ nòng chūn róu dòng lí yōu lèi nán shōu
西城杨柳弄春柔，动离忧，泪难收。
yóu jì duō qíng céng wèi xì guī zhōu bì yě zhū qiáo dāng rì
犹记多情曾为系归舟。碧野朱桥当日
shì rén bú jiàn shuǐ kōng liú sháo huá bú wèi shào
事，人不见，水空流。 韶华不为少
nián liú hèn yōu yōu jǐ shí xiū fēi xù luò huā shí hòu
年留。恨悠悠，几时休？飞絮落花时候
yì dēng lóu biàn zuò chūn jiāng dōu shì lèi liú bú jìn xǔ
一登楼。便做春江都是泪，流不尽，许
duō chóu
多愁。

鹊桥仙 秦观

纤云弄巧，飞星传恨，银汉迢迢暗渡。金风玉露一相逢，便胜却人间无数。 柔情似水，佳期如梦，忍顾鹊桥归路。两情若是久长时，又岂在朝朝暮暮。

画堂春 秦观

落红铺径水平池，弄晴小雨霏霏。杏园憔悴杜鹃啼，无奈春归。 柳外画楼独上，凭阑手撚花枝。放花无语对斜晖，此恨谁知。

qiān qiū suì qín guān

千秋岁 秦观

shuǐ biān shā wài chéng guō chūn hán tuì huā yǐng luàn yīng shēng suì piāo líng shū jiǔ zhǎn lí bié kuān yī dài rén bú jiàn bì yún mù hé kōng xiāng duì

水边沙外，城郭春寒退。花影乱，莺声碎。飘零疏酒盏，离别宽衣带。人不见，碧云暮合空相对。

yì xī xī chí huì yuān lù tóng fēi gài xié shǒu chù jīn shuí zài rì biān qīng mèng duàn jìng lǐ zhū yán gǎi chūn qù yě fēi hóng wàn diǎn chóu rú hǎi

忆昔西池会，鹓鹭同飞盖。携手处，今谁在？日边清梦断，镜里朱颜改。春去也，飞红万点愁如海。

tà suō xíng qín guān

踏莎行 秦观

wù shī lóu tái yuè mí jīn dù táo yuán wàng duàn wú xún chù kě kān gū guǎn bì chūn hán dù juān shēng lǐ xié yáng mù

雾失楼台，月迷津渡，桃源望断无寻处。可堪孤馆闭春寒，杜鹃声里斜阳暮。

yì jì méi huā yú chuán chǐ sù qì chéng cǐ

驿寄梅花，鱼传尺素，砌成此

hèn wú chóng shù chēn jiāng xìng zì rào chēn shān wèi shuí liú xià

恨无重数。郴江幸自绕郴山，为谁流下

xiāo xiāng qù

潇湘去？

huàn xī shā qín guān

浣溪沙 秦观

mò mò qīng hán shàng xiǎo lóu xiǎo yīn wú lài sì qióng

漠漠轻寒上小楼，晓阴无赖似穷

qiū dàn yān liú shuǐ huà píng yōu zì zài fēi huā qīng sì

秋，淡烟流水画屏幽。自在飞花轻似

mèng wú biān sī yǔ xì rú chóu bǎo lián xián guà xiǎo yín

梦，无边丝雨细如愁。宝帘闲挂小银

gōu

钩。

bàn sǐ tóng hè zhù

半死桐 贺铸

chóng guò chāng mén wàn shì fēi tóng lái hé shì bù tóng

重过阊门万事非，同来何事不同

guī wú tóng bàn sǐ qīng shuāng hòu tóu bái yuān yāng shī bàn

归？梧桐半死清霜后，头白鸳鸯失伴

fēi yuán shàng cǎo lù chū xī jiù qī xīn lǒng liǎng

飞。原上草，露初晞。旧栖新垅两

yī yī kōng chuáng wò tīng nán chuāng yǔ shuí fù tiǎo dēng yè
依依。空床卧听南窗雨，谁复挑灯夜
bǔ yī
补衣！

tà suō xíng
踏莎行
hè zhù
贺铸

yáng liǔ huí táng yuān yāng bié pǔ lǜ píng zhǎng duàn lián
杨柳回塘，鸳鸯别浦，绿萍涨断莲
zhōu lù duàn wú fēng dié mù yōu xiāng hóng yī tuō jìn fāng xīn
舟路。断无蜂蝶慕幽香，红衣脱尽芳心
kǔ fǎn zhào yíng cháo xíng yún dài yǔ yī yī sì
苦。返照迎潮，行云带雨，依依似
yǔ sāo rén yǔ dāng nián bù kěn jià chūn fēng wú duān què bèi
与骚人语。当年不肯嫁春风，无端却被
qiū fēng wù
秋风误。

qīng yù àn
青玉案
hè zhù
贺铸

líng bō bú guò héng táng lù dàn mù sòng fāng chén qù
凌波不过横塘路，但目送、芳尘去。
jǐn sè huá nián shuí yǔ dù yuè qiáo huā yuàn suǒ chuāng zhū
锦瑟华年谁与度？月桥花院，琐窗朱

户，只有春知处。飞云冉冉蘅皋暮，彩笔新题断肠句。试问闲情都几许？一川烟草，满城风絮，梅子黄时雨！

人南渡（感皇恩） 贺铸

兰芷满芳洲，游丝横路。罗袜尘生步，迎顾。整鬟颦黛，脉脉两情难语。细风吹柳絮，人南渡。回首旧游，山无重数。花底深朱户，何处？半黄梅子，向晚一帘疏雨。断魂分付与，春将去。

mǎn tíng fāng
满庭芳
zhōubāngyàn
周邦彦

xià rì lì shuǐ wú xiǎngshān zuò
夏日溧水无想山作。

fēng lǎo yīng chú yǔ féi méi zǐ wǔ yīn jiā shù qīng
风老莺雏，雨肥梅子，午阴嘉树清
yuán dì bēi shān jìn yī rùn fèi lú yān rén jìng wū yuān
圆。地卑山近，衣润费炉烟。人静乌鸢
zì lè xiǎo qiáo wài xīn lǜ jiān jiān píng lán jiǔ huáng lú
自乐，小桥外、新绿溅溅。凭栏久，黄芦
kǔ zhú yí fàn jiǔ jiāng chuán nián nián rú shè yàn
苦竹，疑泛九江船。 年年，如社燕，
piāo liú hàn hǎi lái jì xiū chuán qiě mò sī shēn wài cháng
漂流瀚海，来寄修椽。且莫思身外，长
jìn zūn qián qiáo cuì jiāng nán juàn kè bù kān tīng jí guǎn
近尊前。憔悴江南倦客，不堪听、急管
fán xián gē yán pàn xiān ān diàn zhěn róng wǒ zuì shí mián
繁弦。歌筵畔，先安簟枕，容我醉时眠。

sū mù zhē
苏幕遮
zhōubāngyàn
周邦彦

liáo chén xiāng xiāo rù shǔ niǎo què hū qíng qīn xiǎo
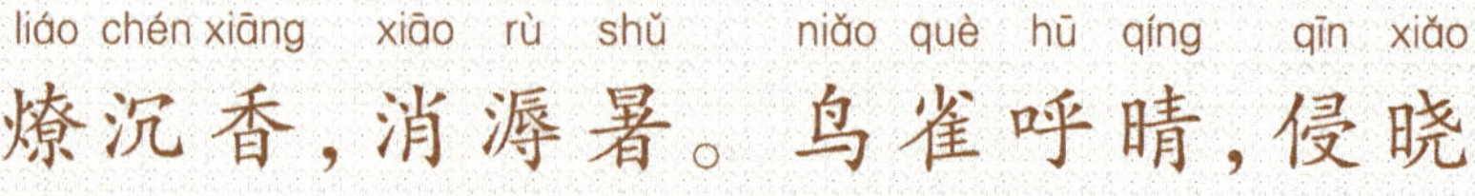
燎沉香，消溽暑。鸟雀呼晴，侵晓

kuī yán yǔ yè shàng chū yáng gān sù yǔ shuǐ miàn qīng yuán
窥檐语。叶上初阳干宿雨，水面清圆，
yī yī fēng hé jǔ gù xiāng yáo hé rì qù jiā
一一风荷举。 故乡遥，何日去？家
zhù wú mén jiǔ zuò cháng ān lǚ wǔ yuè yú láng xiāng yì
住吴门，久作长安旅。五月渔郎相忆
fǒu xiǎo jí qīng zhōu mèng rù fú róng pǔ
否？小楫轻舟，梦入芙蓉浦。

liù chǒu qiángwēi xiè hòu zuò zhōubāngyàn
六丑（蔷薇谢后作） 周邦彦

zhèng dān yī shì jiǔ hèn kè lǐ guāng yīn xū zhì
正单衣试酒，恨客里、光阴虚掷。
yuàn chūn zàn liú chūn guī rú guò yì yí qù wú jì wèi
愿春暂留，春归如过翼。一去无迹。为
wèn huā hé zài yè lái fēng yǔ zàng chǔ gōng qīng guó chāi
问花何在，夜来风雨，葬楚宫倾国。钗
diàn duò chù yí xiāng zé luàn diǎn táo xī qīng fān liǔ mò
钿堕处遗香泽。乱点桃蹊，轻翻柳陌。
duō qíng wèi shuí zhuī xī dàn fēng méi dié shǐ shí kòu chuāng
多情为谁追惜。但蜂媒蝶使，时叩窗
gé dōng yuán cén jì jiàn méng lóng àn bì jìng rào
隔。 东园岑寂，渐蒙笼暗碧。静绕
zhēn cóng dǐ chéng tàn xī cháng tiáo gù rě xíng kè sì
珍丛底，成叹息。长条故惹行客。似

qiān yī dài huà bié qíng wú jí cán yīng xiǎo qiǎng zān jīn
牵衣待话，别情无极。残英小，强簪巾
zé zhōng bú sì yì duǒ chāi tóu chàn niǎo xiàng rén qī cè
帻。终不似一朵、钗头颤袅，向人欹侧。
piāo liú chù mò chèn cháo xī kǒng duàn hóng shàng yǒu xiāng sī
漂流处，莫趁潮汐。恐断红、尚有相思
zì hé yóu jiàn dé
字，何由见得。

lán líng wáng liǔ zhōubāngyàn
兰陵王（柳） 周邦彦

liǔ yīn zhí yān lǐ sī sī nòng bì suí dī shàng
柳阴直，烟里丝丝弄碧。隋堤上、
céng jiàn jǐ fān fú shuǐ piāo mián sòng xíng sè dēng lín wàng gù
曾见几番，拂水飘绵送行色。登临望故
guó shuí shí jīng huá juàn kè cháng tíng lù nián qù suì lái
国，谁识京华倦客？长亭路，年去岁来，
yīng zhé róu tiáo guò qiān chǐ xián xún jiù zōng jì
应折柔条过千尺。 闲寻旧踪迹。
yòu jiǔ chèn āi xián dēng zhào lí xí lí huā yú huǒ cuī hán
又酒趁哀弦，灯照离席。梨花榆火催寒
shí chóu yí jiàn fēng kuài bàn gāo bō nuǎn huí tóu tiáo dì
食。愁一箭风快，半篙波暖，回头迢递
biàn shù yì wàng rén zài tiān běi qī cè hèn duī
便数驿，望人在天北。 凄恻，恨堆

jī jiàn bié pǔ yíng huí jīn hòu cén jì xié yáng rǎn rǎn
积！渐别浦萦回，津堠岑寂。斜阳冉冉
chūn wú jí niàn yuè xiè xié shǒu lù qiáo wén dí chén sī
春无极。念月榭携手，露桥闻笛。沉思
qián shì sì mèng lǐ lèi àn dī
前事，似梦里，泪暗滴。

xī hé jīn líng zhōu bāng yàn
西河（金陵） 周邦彦

jiā lì dì nán cháo shèng shì shuí jì shān wéi gù guó
佳丽地，南朝盛事谁记？山围故国
rào qīng jiāng jì huán duì qǐ nù tāo jì mò dǎ gū chéng
绕清江，髻鬟对起。怒涛寂寞打孤城，
fēng qiáng yáo dù tiān jì duàn yá shù yóu dào yǐ
风樯遥度天际。 断崖树，犹倒倚，
mò chóu tǐng zi céng xì kōng yú jiù jì yù cāng cāng wù chén
莫愁艇子曾系。空余旧迹郁苍苍，雾沉
bàn lěi yè shēn yuè guò nǚ qiáng lái shāng xīn dōng wàng huái
半垒。夜深月过女墙来，伤心东望淮
shuǐ jiǔ qí xì gǔ shèn chù shì xiǎng yī xī wáng
水。 酒旗戏鼓甚处市？想依稀、王
xiè lín lǐ yàn zi bù zhī hé shì rù xún cháng xiàng mò rén
谢邻里。燕子不知何世，入寻常巷陌人
jiā xiāng duì rú shuō xīng wáng xié yáng lǐ
家，相对如说兴亡，斜阳里。

dié liàn huā

蝶恋花

zhōu bāng yàn
周邦彦

yuè jiǎo jīng wū qī bú dìng　gēng lòu jiāng cán　lù lú
月皎惊乌栖不定。更漏将残，辘轳
qiān jīn jǐng　huàn qǐ liǎng móu qīng jiǒng jiǒng　lèi huā luò zhěn
牵金井。唤起两眸清炯炯。泪花落枕
hóng mián lěng　zhí shǒu shuāng fēng chuī bìn yǐng　qù yì
红棉冷。　执手霜风吹鬓影。去意
huái huáng　bié yǔ chóu nán tīng　lóu shàng lán gān héng dǒu bǐng
徊徨，别语愁难听。楼上阑干横斗柄。
lù hán rén yuǎn jī xiāng yìng
露寒人远鸡相应。

guān hé lìng

关河令

zhōu bāng yàn
周邦彦

qiū yīn shí qíng jiàn xiàng míng　biàn yì tíng qī lěng
秋阴时晴渐向暝。变一庭凄冷。
zhù tīng hán shēng　yún shēn wú yàn yǐng　gēng shēn rén qù
伫听寒声，云深无雁影。　更深人去
jì jìng　dàn zhào bì gū dēng xiāng yìng　jiǔ yǐ dōu xǐng　rú
寂静。但照壁孤灯相映。酒已都醒，如
hé xiāo yè yǒng
何消夜永！

临江仙（都城元夕） 毛滂

lín jiāng xiān dū chéngyuán xī máo pāng

wén dào cháng ān dēng yè hǎo diāo lún bǎo mǎ rú yún
闻道长安灯夜好，雕轮宝马如云。

péng lái qīng qiǎn duì gū léng yù huáng kāi bì luò yín jiè shī huáng hūn
蓬莱清浅对觚棱。玉皇开碧落，银界失黄昏。

shuí jiàn jiāng nán qiáo cuì kè duān yōu lǎn bù fāng chén
谁见江南憔悴客，端忧懒步芳尘。

xiǎo píng fēng pàn lěng xiāng níng jiǔ nóng chūn rù mèng chuāng pò yuè xún rén
小屏风畔冷香凝。酒浓春入梦，窗破月寻人。

长相思（雨） 万俟咏

chángxiāng sī yǔ mò qí yǒng

yì shēngshēng yì gēnggēng chuāng wài bā jiāo chuāng lǐ dēng cǐ shí wú xiàn qíng
一声声，一更更。窗外芭蕉窗里灯，此时无限情。

mèng nán chéng hèn nán píng
梦难成，恨难平。

bú dào chóu rén bù xǐ tīng kōng jiē dī dào míng
不道愁人不喜听，空阶滴到明。

长相思（山驿） 万俟咏

chángxiāng sī shān yì mò qí yǒng

duǎn cháng tíng gǔ jīn qíng lóu wài liáng chán yí yùn
短长亭，古今情。楼外凉蟾一晕
shēng yǔ yú qiū gèng qīng mù yún píng mù shān héng
生，雨余秋更清。暮云平，暮山横。
jǐ yè qiū shēng hé yàn shēng xíng rén bú yào tīng
几叶秋声和雁声，行人不要听。

水调歌头 叶梦得

shuǐ diào gē tóu yè mèng dé

qiū sè jiàn jiāng wǎn shuāng xìn bào huáng huā xiǎo chuāng
秋色渐将晚，霜信报黄花。小窗
dī hù shēn yìng wēi lù rào qī xiá wèi wèn shān wēng hé
低户深映，微路绕欹斜。为问山翁何
shì zuò kàn liú nián qīng dù pàn què bìn shuāng huā xǐ yǐ
事，坐看流年轻度，拚却鬓双华。徙倚
wàng cāng hǎi tiān jìng shuǐ míng xiá niàn píng xī kōng
望沧海，天净水明霞。念平昔，空
piāo dàng biàn tiān yá guī lái sān jìng chóng sǎo sōng zhú běn
飘荡，遍天涯。归来三径重扫，松竹本
wú jiā què hèn bēi fēng shí qǐ rǎn rǎn yún jiān xīn yàn
吾家。却恨悲风时起，冉冉云间新雁，

边马怨胡笳。谁似东山老，谈笑静胡沙。

好事近（渔父词） 朱敦儒

摇首出红尘，醒醉更无时节。活计绿蓑青笠，惯披霜冲雪。晚来风定钓丝闲，上下是新月。千里水天一色，看孤鸿明灭。

西江月 朱敦儒

日日深杯酒满，朝朝小圃花开。自歌自舞自开怀，且喜无拘无碍。青史几番春梦，黄泉多少奇才。不须计较

yǔ ān pái lǐng qǔ ér jīn xiàn zài
与安排，领取而今现在。

xiāng jiàn huān
相见欢
zhū dūn rú
朱敦儒

jīn líng chéngshàng xī lóu yǐ qīng qiū wàn lǐ xī yáng
金陵城上西楼，倚清秋。万里夕阳
chuí dì dà jiāng liú zhōng yuán luàn zān yīng sàn jǐ
垂地、大江流。中原乱，簪缨散，几
shí shōu shì qìng bēi fēng chuī lèi guò yáng zhōu
时收？试倩悲风吹泪、过扬州。

diǎn jiàng chún
点绛唇
lǐ qīng zhào
李清照

cù bà qiū qiān qǐ lái yōng zhěng xiān xiān shǒu lù nóng
蹴罢秋千，起来慵整纤纤手。露浓
huā shòu bó hàn qīng yī tòu jiàn kè rù lái wà
花瘦，薄汗轻衣透。见客入来，袜
chǎn jīn chāi liū hé xiū zǒu yǐ mén huí shǒu què bǎ qīng
刬金钗溜。和羞走。倚门回首，却把青
méi xiù
梅嗅。

gū yàn er

孤雁儿

lǐ qīng zhào

李清照

téng chuáng zhǐ zhàng zhāo mián qǐ shuō bú jìn wú jiā
藤床纸帐朝眠起，说不尽、无佳
sī chén xiāng duàn xù yù lú hán bàn wǒ qíng huái rú shuǐ
思。沉香断续玉炉寒，伴我情怀如水。
dí shēng sān nòng méi xīn jīng pò duō shǎo yóu chūn yì
笛声三弄，梅心惊破，多少游春意。
xiǎo fēng shū yǔ xiāo xiāo dì yòu cuī xià qiān háng lèi
小风疏雨萧萧地，又催下、千行泪。
chuī xiāo rén qù yù lóu kōng cháng duàn yǔ shuí tóng yǐ yì zhī
吹箫人去玉楼空，肠断与谁同倚？一枝
zhé dé rén jiān tiān shàng méi gè rén kān jì
折得，人间天上，没个人堪寄。

yù lóu chūn

玉楼春

lǐ qīng zhào

李清照

hóng sū kěn fàng qióng bāo suì tàn zhuó nán zhī kāi biàn
红酥肯放琼苞碎，探著南枝开遍
wèi bù zhī yùn jiè jǐ duō xiāng dàn jiàn bāo cáng wú xiàn
未。不知酝藉几多香，但见包藏无限
yì dào rén qiáo cuì chūn chuāng dǐ mèn sǔn lán gān
意。道人憔悴春窗底，闷损阑干

chóu bù yǐ yāo lái xiǎo zhuó biàn lái xiū wèi bì míng zhāo fēng
愁不倚。要来小酌便来休，未必明朝风
bù qǐ
不起。

qīng píng yuè 清平乐

lǐ qīng zhào 李清照

nián nián xuě lǐ cháng chā méi huā zuì ruó jìn méi huā
年年雪里，常插梅花醉。挼尽梅花
wú hǎo yì yíng dé mǎn yī qīng lèi jīn nián hǎi jiǎo
无好意，赢得满衣清泪。今年海角
tiān yá xiāo xiāo liǎng bìn shēng huā kàn qǔ wǎn lái fēng shì
天涯，萧萧两鬓生华。看取晚来风势，
gù yīng nán kàn méi huā
故应难看梅花。

yú jiā ào 渔家傲

lǐ qīng zhào 李清照

tiān jiē yún tāo lián xiǎo wù xīng hé yù zhuǎn qiān fān
天接云涛连晓雾，星河欲转千帆
wǔ fǎng fú mèng hún guī dì suǒ wén tiān yǔ yīn qín wèn
舞。仿佛梦魂归帝所。闻天语，殷勤问
wǒ guī hé chù wǒ bào lù cháng jiē rì mù xué shī
我归何处？我报路长嗟日暮，学诗

màn yǒu jīng rén jù jiǔ wàn lǐ fēng péng zhèng jǔ fēng xiū
漫有惊人句。九万里风鹏正举。风休
zhù péng zhōu chuī qǔ sān shān qù
住，蓬舟吹取三山去！

rú mèng lìng
如梦令

lǐ qīng zhào
李清照

cháng jì xī tíng rì mù chén zuì bù zhī guī lù xìng
常记溪亭日暮，沉醉不知归路，兴
jìn wǎn huí zhōu wù rù ǒu huā shēn chù zhēng dù zhēng dù
尽晚回舟，误入藕花深处。争渡，争渡，
jīng qǐ yì tān ōu lù
惊起一滩鸥鹭。

rú mèng lìng
如梦令

lǐ qīng zhào
李清照

zuó yè yǔ shū fēng zhòu nóng shuì bù xiāo cán jiǔ shì
昨夜雨疏风骤，浓睡不消残酒。试
wèn juǎn lián rén què dào hǎi táng yī jiù zhī fǒu zhī
问卷帘人，却道海棠依旧。知否？知
fǒu yīng shì lǜ féi hóng shòu
否？应是绿肥红瘦！

fènghuáng tái shàng yì chuī xiāo
凤凰台上忆吹箫
lǐ qīngzhào
李清照

xiāng lěng jīn ní bèi fān hóng làng qǐ lái yōng zì shū
香冷金猊，被翻红浪，起来慵自梳
tóu rèn bǎo lián chén mǎn rì shàng lián gōu shēng pà lí
头。任宝奁尘满，日上帘钩。生怕离
huái bié kǔ duō shǎo shì yù shuō hái xiū xīn lái shòu fēi
怀别苦，多少事、欲说还休。新来瘦，非
gān bìng jiǔ bú shì bēi qiū xiū xiū zhè huí qù
干病酒，不是悲秋。　　休休！这回去
yě qiān wàn biàn yáng guān yě zé nán liú niàn wǔ líng
也，千万遍《阳关》，也则难留。念武陵
rén yuǎn yān suǒ qín lóu wéi yǒu lóu qián liú shuǐ yīng niàn
人远，烟锁秦楼。惟有楼前流水，应念
wǒ zhōng rì níng móu níng móu chù cóng jīn yòu tiān yí duàn
我、终日凝眸。凝眸处，从今又添，一段
xīn chóu
新愁。

yì jiǎn méi
一剪梅
lǐ qīngzhào
李清照

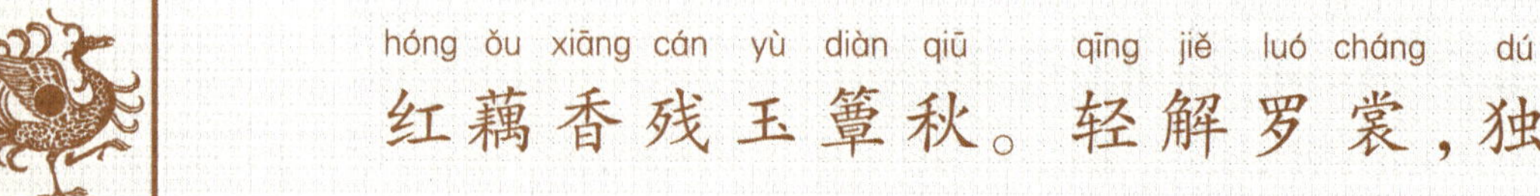

hóng ǒu xiāng cán yù diàn qiū qīng jiě luó cháng dú
红藕香残玉簟秋。轻解罗裳，独

shàng lán zhōu　yún zhōng shuí jì jǐn shū lái　yàn zì huí shí
上兰舟。云中谁寄锦书来？雁字回时，
yuè mǎn xī lóu　huā zì piāo líng shuǐ zì liú　yì zhǒng
月满西楼。　花自飘零水自流，一种
xiāng sī　liǎng chù xián chóu　cǐ qíng wú jì kě xiāo chú　cái
相思，两处闲愁。此情无计可消除。才
xià méi tóu　què shàng xīn tóu
下眉头，却上心头。

dié liàn huā　lí qíng　lǐ qīngzhào

蝶恋花（离情）　李清照

nuǎn yǔ qíng fēng chū pò dòng　liǔ yǎn méi sāi　yǐ jué
暖雨晴风初破冻。柳眼梅腮，已觉
chūn xīn dòng　jiǔ yì shī qíng shuí yǔ gòng　lèi róng cán fěn
春心动。酒意诗情谁与共？泪融残粉
huā diàn zhòng　zhà shì jiá shān jīn lǚ féng　shān zhěn xié
花钿重。　乍试夹衫金缕缝，山枕斜
yǐ　zhěn sǔn chāi tóu fèng　dú bào nóng chóu wú hǎo mèng　yè
欹，枕损钗头凤。独抱浓愁无好梦，夜
lán yóu jiǎn dēng huā nòng
阑犹剪灯花弄。

zuì huā yīn 醉花阴

lǐ qīngzhào 李清照

bó wù nóng yún chóu yǒng zhòu ruì nǎo xiāo jīn shòu jiā
薄雾浓云愁永昼，瑞脑消金兽。佳
jié yòu chóng yáng yù zhěn shā chú bàn yè liáng chū tòu
节又重阳，玉枕纱厨，半夜凉初透。
dōng lí bǎ jiǔ huáng hūn hòu yǒu àn xiāng yíng xiù mò dào
东篱把酒黄昏后，有暗香盈袖。莫道
bù xiāo hún lián juǎn xī fēng rén bǐ huáng huā shòu
不消魂，帘卷西风，人比黄花瘦。

wǔ líng chūn 武陵春

lǐ qīngzhào 李清照

fēng zhù chén xiāng huā yǐ jìn rì wǎn juàn shū tóu wù
风住尘香花已尽，日晚倦梳头。物
shì rén fēi shì shì xiū yù yǔ lèi xiān liú wén shuō
是人非事事休，欲语泪先流。闻说
shuāng xī chūn shàng hǎo yě nǐ fàn qīng zhōu zhǐ kǒng shuāng xī
双溪春尚好，也拟泛轻舟。只恐双溪
zé měng zhōu zài bú dòng xǔ duō chóu
舴艋舟，载不动许多愁。

shēngshēng màn
声声慢
lǐ qīngzhào
李清照

xún xún mì mì lěng lěng qīng qīng qī qī cǎn cǎn qī
寻寻觅觅，冷冷清清，凄凄惨惨戚
qī zhà nuǎn hái hán shí hòu zuì nán jiāng xī sān bēi liǎng
戚。乍暖还寒时候，最难将息。三杯两
zhǎn dàn jiǔ zěn dí tā wǎn lái fēng jí yàn guò yě zhèng
盏淡酒，怎敌他、晚来风急！雁过也，正
shāng xīn què shì jiù shí xiāng shí mǎn dì huáng huā duī
伤心，却是旧时相识。满地黄花堆
jī qiáo cuì sǔn rú jīn yǒu shuí kān zhāi shǒu zhe chuāng er
积，憔悴损，如今有谁堪摘？守着窗儿，
dú zì zěn shēng dé hēi wú tóng gèng jiān xì yǔ dào huáng
独自怎生得黑！梧桐更兼细雨，到黄
hūn diǎn diǎn dī dī zhè cì dì zěn yí gè chóu zì liǎo
昏、点点滴滴。这次第，怎一个愁字了
dé
得！

diǎn jiàng chún
点绛唇
lǐ qīngzhào
李清照

jì mò shēn guī róu cháng yí cùn chóu qiān lǚ xī chūn
寂寞深闺，柔肠一寸愁千缕。惜春

chūn qù jǐ diǎn cuī huā yǔ yǐ biàn lán gān zhǐ
春去，几点催花雨。　倚遍阑干，只
shì wú qíng xù rén hé chù lián tiān shuāi cǎo wàng duàn guī
是无情绪。人何处，连天衰草，望断归
lái lù
来路。

yǒng yù lè
永遇乐　lǐ qīngzhào
李清照

luò rì róng jīn mù yún hé bì rén zài hé chù
落日熔金，暮云合璧，人在何处？
rǎn liǔ yān nóng chuī méi dí yuàn chūn yì zhī jǐ xǔ yuán
染柳烟浓，吹梅笛怨，春意知几许！元
xiāo jiā jié róng hé tiān qì cì dì qǐ wú fēng yǔ lái
宵佳节，融和天气，次第岂无风雨？来
xiāng zhào xiāng chē bǎo mǎ xiè tā jiǔ péng shī lǚ
相召、香车宝马，谢他酒朋诗侣。
zhōng zhōu shèng rì guī mén duō xiá jì de piān zhòng sān wǔ
中州盛日，闺门多暇，记得偏重三五。
pū cuì guān ér niǎn jīn xuě liǔ cù dài zhēng jǐ chǔ rú
铺翠冠儿，捻金雪柳，簇带争济楚。如
jīn qiáo cuì fēng huán wù bìn pà jiàn yè jiān chū qù bù
今憔悴，风鬟雾鬓，怕见夜间出去。不
rú xiàng lián er dǐ xià tīng rén xiào yǔ
如向、帘儿底下，听人笑语。

cǎi sāng zǐ 采桑子

lǚ běn zhōng 吕本中

hèn jūn bú sì jiāng lóu yuè, nán běi dōng xī。nán běi dōng xī, zhǐ yǒu xiāng suí wú bié lí。

恨君不似江楼月，南北东西。南北东西，只有相随无别离。

hèn jūn què sì jiāng lóu yuè, zàn mǎn hái kuī。zàn mǎn hái kuī, dài dé tuán yuán shì jǐ shí?

恨君却似江楼月，暂满还亏。暂满还亏，待得团圆是几时？

jiǎn zì mù lán huā 减字木兰花

xiàng zǐ yīn 向子湮

xié hóng dié cuì, hé xǔ huā shén lái xiàn ruì。càn càn cháng yī, gē dé tiān sūn jǐn yì jī。

斜红叠翠，何许花神来献瑞。粲粲裳衣，割得天孙锦一机。

zhēn xiāng miào zhì, bú nài shì jiān fēng yǔ rì。zhuó yì zhē wéi, mò fàng chūnguāng zào cì guī。

真香妙质，不耐世间风与日。着意遮围，莫放春光造次归。

忆王孙(春词) 李重元

萋萋芳草忆王孙。柳外高楼空断魂。杜宇声声不忍闻。欲黄昏。雨打梨花深闭门。

临江仙 陈与义

忆昔午桥桥上饮，坐中多是豪英。长沟流月去无声。杏花疏影里，吹笛到天明。　二十余年如一梦，此身虽在堪惊。闲登小阁看新晴。古今多少事，渔唱起三更。

hè xīn láng　jì lǐ bó jì chéng xiàng　zhāng yuán gàn

贺新郎(寄李伯纪丞相)　张元幹

yè zhàng wēi lóu qù　dǒu chuí tiān　cāng bō wàn qǐng

曳杖危楼去。斗垂天、沧波万顷，

yuè liú yān zhǔ　sǎo jìn fú yún fēng bú dìng　wèi fàng piān zhōu

月流烟渚。扫尽浮云风不定，未放扁舟

yè dù　sù yàn luò　hán lú shēn chù　chàngwàngguān hé kōng

夜渡。宿雁落、寒芦深处。怅望关河空

diào yǐng　zhèng rén jiān bí xī míng tuó gǔ　shuí bàn wǒ　zuì

吊影，正人间鼻息鸣鼍鼓。谁伴我，醉

zhōng wǔ　shí nián yí mèng yáng zhōu lù　yǐ gāo hán

中舞。　十年一梦扬州路。倚高寒、

chóu shēng gù guó　qì tūn jiāo lǔ　yào zhǎn lóu lán sān chǐ

愁生故国，气吞骄虏。要斩楼兰三尺

jiàn　yí hèn pí pá jiù yǔ　màn àn sè　tóng huá chén tǔ

剑，遗恨琵琶旧语。谩暗涩、铜华尘土。

huàn qǔ zhé xiān píng zhāng kàn　guò tiáo xi　shàng xǔ chuí lún fǒu

唤取谪仙平章看，过苕溪、尚许垂纶否？

fēng hào dàng　yù fēi jǔ

风浩荡，欲飞举。

hè xīn láng　sòng hú bāng héng dài zhì　zhāng yuán gàn

贺新郎(送胡邦衡待制)　张元幹

mèng rào shén zhōu lù　chàng qiū fēng　lián yíng huà jiǎo

梦绕神州路。怅秋风，连营画角，

gù gōng lí shǔ　dǐ shì kūn lún qīng dǐ zhù　jiǔ dì huáng liú

故宫离黍。底事昆仑倾砥柱，九地黄流

luàn zhù　jù wàn luò qiān cūn hú tù　tiān yì cóng lái gāo

乱注？聚万落千村狐兔。天意从来高

nán wèn　kuàng rén qíng　lǎo yì bēi nán sù　gèng nán pǔ　sòng

难问，况人情，老易悲难诉。更南浦，送

jūn qù　liáng shēng àn liǔ cuī cán shǔ　gěng xié hé

君去。　凉生岸柳催残暑。耿斜河、

shū xīng dàn yuè　duàn yún wēi dù　wàn lǐ jiāng shān zhī hé

疏星淡月，断云微度。万里江山知何

chù　huí shǒu duì chuáng yè yǔ　yàn bú dào　shū chéng shuí

处？回首对床夜语。雁不到、书成谁

yǔ　mù jìn qīng tiān huái jīn gǔ　kěn ér cáo ēn yuàn xiāng ěr

与？目尽青天怀今古，肯儿曹恩怨相尔

rǔ　jǔ dà bái　tīng jīn lǚ

汝？举大白，听《金缕》。

xiǎo chóng shān

小重山

yuè fēi

岳飞

zuó yè hán qióng bú zhù míng jīng huí qiān lǐ mèng yǐ

昨夜寒蛩不住鸣。惊回千里梦，已

sān gēng qǐ lái dú zì rào jiē xíng rén qiǎo qiǎo lián wài

三更。起来独自绕阶行。人悄悄，帘外

yuè lóng míng bái shǒu wèi gōng míng jiù shān sōng zhú

月胧明。　白首为功名。旧山松竹

lǎo zǔ guī chéng yù jiāng xīn shì fù yáo qín zhī yīn

老，阻归程。欲将心事付瑶琴。知音

shǎo xián duàn yǒu shuí tīng

少，弦断有谁听？

mǎn jiāng hóng

满江红

yuè fēi

岳飞

nù fà chōng guān píng lán chù xiāo xiāo yǔ xiē tái

怒发冲冠，凭栏处，潇潇雨歇。抬

wàng yǎn yǎng tiān cháng xiào zhuàng huái jī liè sān shí gōng míng

望眼，仰天长啸，壮怀激烈。三十功名

chén yǔ tǔ bā qiān lǐ lù yún hé yuè mò děng xián bái

尘与土，八千里路云和月。莫等闲、白

liǎo shào nián tóu kōng bēi qiè jìng kāng chǐ yóu wèi

了少年头，空悲切。　靖康耻，犹未

xuě chén zǐ hèn hé shí miè jià cháng chē tà pò hè
雪。臣子恨，何时灭！驾长车，踏破贺
lán shān quē zhuàng zhì jī cān hú lǔ ròu xiào tán kě yǐn
兰山缺。壮志饥餐胡虏肉，笑谈渴饮
xiōng nú xuè dài cóng tóu shōu shí jiù shān hé cháo tiān què
匈奴血。待从头、收拾旧山河，朝天阙。

yè jīn mén chūnbàn zhūshū zhēn
谒金门（春半）朱淑真

chūn yǐ bàn chù mù cǐ qíng wú xiàn shí èr lán gān
春已半，触目此情无限。十二阑干
xián yǐ biàn chóu lái tiān bù guǎn hǎo shì fēng hé rì
闲倚遍，愁来天不管。好是风和日
nuǎn shū yǔ yīng yīng yàn yàn mǎn yuàn luò huā lián bù juǎn
暖，输与莺莺燕燕。满院落花帘不卷，
duànchángfāng cǎo yuǎn
断肠芳草远。

jiǎn zì mù lán huā chūnyuàn zhūshū zhēn
减字木兰花（春怨）朱淑真

dú xíng dú zuò dú chàng dú chóu hái dú wò zhù lì
独行独坐，独倡独酬还独卧。伫立
shāngshén wú nài qīng hán zhuó mō rén cǐ qíng shuí
伤神，无奈轻寒著摸人。此情谁

jiàn lèi xǐ cán zhuāng wú yí bàn chóu bìng xiāng réng tī jìn
见，泪洗残妆无一半。愁病相仍，剔尽
hán dēng mèng bù chéng
寒灯梦不成。

chāi tóu fèng lù yóu
钗头凤 陆游

hóng sū shǒu huáng téng jiǔ mǎn chéng chūn sè gōng qiáng
红酥手，黄縢酒。满城春色宫墙
liǔ dōng fēng è huān qíng bó yì huái chóu xù jǐ nián
柳。东风恶，欢情薄。一怀愁绪，几年
lí suǒ cuò cuò cuò chūn rú jiù rén kōng
离索。错，错，错！ 春如旧，人空
shòu lèi hén hóng yì jiāo xiāo tòu táo huā luò xián chí
瘦。泪痕红浥鲛绡透。桃花落，闲池
gé shān méng suī zài jǐn shū nán tuō mò mò mò
阁。山盟虽在，锦书难托。莫，莫，莫！

bǔ suàn zǐ yǒng méi lù yóu
卜算子（咏梅） 陆游

yì wài duàn qiáo biān jì mò kāi wú zhǔ yǐ shì huáng
驿外断桥边，寂寞开无主。已是黄
hūn dú zì chóu gèng zhuó fēng hé yǔ wú yì kǔ zhēng
昏独自愁，更著风和雨。 无意苦争

chūn yí rèn qún fāng dù líng luò chéng ní niǎn zuò chén zhǐ
春，一任群芳妒。零落成泥碾作尘，只
yǒu xiāng rú gù
有香如故。

yè yóu gōng jì mèng jì shī bó hún lù yóu
夜游宫（记梦寄师伯浑） 陆游

xuě xiǎo qīng jiā luàn qǐ mèng yóu chù bù zhī hé dì
雪晓清笳乱起，梦游处、不知何地。
tiě jì wú shēng wàng sì shuǐ xiǎng guān hé yàn mén xī qīng
铁骑无声望似水。想关河，雁门西，青
hǎi jì shuì jué hán dēng lǐ lòu shēng duàn yuè xié
海际。 睡觉寒灯里，漏声断、月斜
chuāng zhǐ zì xǔ fēng hóu zài wàn lǐ yǒu shuí zhī bìn
窗纸。自许封侯在万里。有谁知，鬓
suī cán xīn wèi sǐ
虽残，心未死！

què qiáo xiān lù yóu
鹊桥仙 陆游

yì gān fēng yuè yì suō yān yǔ jiā zài diào tái xī
一竿风月，一蓑烟雨，家在钓台西
zhù mài yú shēng pà jìn chéng mén kuàng kěn dào hóng chén shēn
住。卖鱼生怕近城门，况肯到红尘深

chù　　　cháo shēng lǐ zhào　cháo píng xì lǎn　cháo luò hào
处？　　潮生理棹，潮平系缆，潮落浩
gē guī qù　shí rén cuò bǎ bǐ yán guāng　wǒ zì shì wú míng
歌归去。时人错把比严光，我自是无名
yú fǔ
渔父。

què qiáo xiān　yè wén dù juān　lù yóu
鹊桥仙（夜闻杜鹃）　陆游

máo yán rén jìng　péng chuāng dēng àn　chūn wǎn lián jiāng fēng
茅檐人静，蓬窗灯暗，春晚连江风
yǔ　lín yīng cháo yàn zǒng wú shēng　dàn yuè yè　cháng tí dù
雨。林莺巢燕总无声，但月夜、常啼杜
yǔ　　cuī chéng qīng lèi　jīng cán gū mèng　yòu jiǎn shēn
宇。　催成清泪，惊残孤梦，又拣深
zhī fēi qù　gù shān yóu zì bù kān tīng　kuàng bàn shì　piāo
枝飞去。故山犹自不堪听，况半世、飘
rán jī lǚ
然羁旅。

sù zhōng qíng　lù yóu
诉衷情　陆游

dāng nián wàn lǐ mì fēng hóu　pǐ mǎ shù liáng zhōu　guān
当年万里觅封侯，匹马戍梁州。关

hé mèng duàn hé chù　chén àn jiù diāo qiú　　hú wèi
河梦断何处，尘暗旧貂裘。　胡未
miè　bìn xiān qiū　lèi kōng liú　cǐ shēn shuí liào　xīn zài tiān
灭，鬓先秋，泪空流。此身谁料，心在天
shān　shēn lǎo cāng zhōu
山，身老沧洲。

chāi tóu fèng 钗头凤

tángwǎn 唐婉

shì qíng bó　rén qíng è　yǔ sòng huáng hūn huā yì luò
世情薄，人情恶，雨送黄昏花易落。
xiǎo fēng gān　lèi hén cán　yù jiān xīn shì　dú yǔ xié lán
晓风干，泪痕残。欲笺心事，独语斜阑。
nán　nán　nán　　rén chéng gè　jīn fēi zuó　bìng hún
难，难，难！　人成各，今非昨，病魂
cháng sì qiū qiān suǒ　jiǎo shēng hán　yè lán shān　pà rén
尝似秋千索。角声寒，夜阑珊。怕人
xún wèn　yàn lèi zhuāng huān　mán　mán　mán
寻问，咽泪装欢。瞒，瞒，瞒！

yǎn ér mèi 眼儿媚

fàn chéng dà 范成大

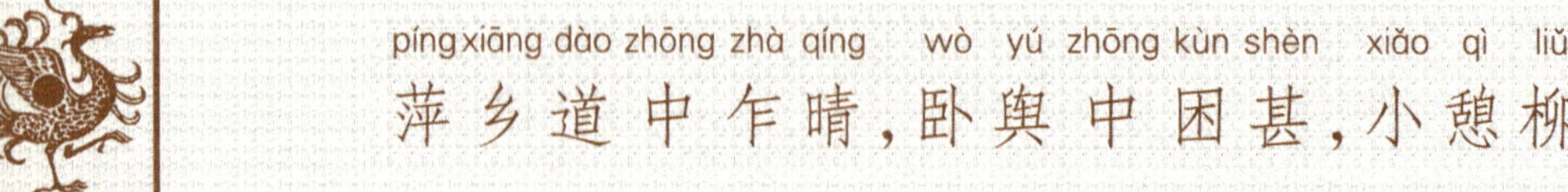

píng xiāng dào zhōng zhà qíng　wò yú zhōng kùn shèn　xiǎo qì liǔ
萍乡道中乍晴，卧舆中困甚，小憩柳

táng
塘。

hān hān rì jiǎo zǐ yān fú yán nuǎn pò qīng qiú kùn
酣酣日脚紫烟浮，妍暖破轻裘。困
rén tiān sè zuì rén huā qì wǔ mèng fú tóu chūn
人天色，醉人花气，午梦扶头。春
yōng qià sì chūn táng shuǐ yí piàn hú wén chóu róng róng yì
慵恰似春塘水，一片縠纹愁。溶溶泄
yì dōng fēng wú lì yù zhòu hái xiū
泄，东风无力，欲皱还休。

zhāo jūn yuàn yǒng hé shàng yǔ yáng wàn lǐ
昭君怨（咏荷上雨） 杨万里

wǔ mèng piān zhōu huā dǐ xiāng mǎn xī hú yān shuǐ jí
午梦扁舟花底。香满西湖烟水。急
yǔ dǎ péng shēng mèng chū jīng què shì chí hé tiào
雨打篷声，梦初惊。却是池荷跳
yǔ sàn le zhēn zhū hái jù jù zuò shuǐ yín wō xiè qīng
雨，散了真珠还聚。聚作水银窝，泻清
bō
波。

liù zhōu gē tóu zhāng xiào xiáng

六州歌头 张孝祥

cháng huái wàng duàn guān sài mǎng rán píng zhēng chén àn
长淮望断，关塞莽然平。征尘暗，
shuāng fēng jìng qiāo biān shēng àn xiāo níng zhuī xiǎng dāng nián
霜风劲，悄边声。黯销凝。追想当年
shì dài tiān shù fēi rén lì zhū sì shàng xián gē dì
事，殆天数，非人力。洙泗上，弦歌地，
yì shān xīng gé shuǐ zhān xiāng luò rì niú yáng xià ōu tuō
亦膻腥。隔水毡乡，落日牛羊下，区脱
zòng héng kàn míng wáng xiāo liè jì huǒ yì chuān míng jiā gǔ
纵横。看名王宵猎，骑火一川明，笳鼓
bēi míng qiǎn rén jīng niàn yāo jiān jiàn xiá zhōng jiàn
悲鸣，遣人惊。　念腰间箭，匣中剑，
kōng āi dù jìng hé chéng shí yì shī xīn tú zhuàng suì
空埃蠹，竟何成！时易失，心徒壮，岁
jiāng líng miǎo shén jīng gān yǔ fāng huái yuǎn jìng fēng suì
将零。渺神京。干羽方怀远，静烽燧，
qiě xiū bīng guān gài shǐ fēn chí wù ruò wéi qíng wén
且休兵。冠盖使，纷驰骛，若为情？闻
dào zhōng yuán yí lǎo cháng nán wàng cuì bǎo ní jīng shǐ xíng
道中原遗老，常南望，翠葆霓旌。使行
rén dào cǐ zhōng fèn qì tián yīng yǒu lèi rú qīng
人到此，忠愤气填膺，有泪如倾。

shuǐ diào gē tóu　wén cǎi shí zhàn shèng　zhāng xiào xiáng

水调歌头（闻采石战胜）　张孝祥

xuě xǐ lǔ chén jìng　fēng yuē chǔ yún liú　hé rén wèi

雪洗虏尘静，风约楚云留。何人为

xiě bēi zhuàng　chuī jiǎo gǔ chéng lóu　hú hǎi píng shēng háo qì

写悲壮，吹角古城楼？湖海平生豪气，

guān sài rú jīn fēng jǐng　jiǎn zhú kàn wú gōu　shèng xǐ rán xī

关塞如今风景，剪烛看吴钩。剩喜然犀

chù　hài làng yǔ tiān fú　yì dāng nián　zhōu yǔ xiè

处，骇浪与天浮。　忆当年，周与谢，

fù chūn qiū　xiǎo qiáo chū jià　xiāng náng wèi jiě　xūn yè gù

富春秋。小乔初嫁，香囊未解，勋业故

yōu yóu　chì bì jī tóu luò zhào　féi shuǐ qiáo biān shuāi cǎo

优游。赤壁矶头落照，肥水桥边衰草，

miǎo miǎo huàn rén chóu　wǒ yù chéng fēng qù　jī jí shì zhōng

渺渺唤人愁。我欲乘风去，击楫誓中

liú

流。

niàn nú jiāo　guò dòng tíng　zhāng xiào xiáng

念奴娇（过洞庭）　张孝祥

dòng tíng qīng cǎo　jìn zhōng qiū　gèng wú yì diǎn fēng sè

洞庭青草，近中秋、更无一点风色。

yù jiàn qióng tián sān wàn qǐng zhuó wǒ piān zhōu yí yè sù yuè
玉鉴琼田三万顷，著我扁舟一叶。素月
fēn huī yín hé gòng yǐng biǎo lǐ jù chéng chè yōu rán xīn
分辉，银河共影，表里俱澄澈。悠然心
huì miào chù nán yǔ jūn shuō yīng niàn lǐng hǎi jīng
会，妙处难与君说。 应念岭海经
nián gū guāng zì zhào gān dǎn jiē bīng xuě duǎn fà xiāo shū
年，孤光自照，肝胆皆冰雪。短发萧疏
jīn xiù lěng wěn fàn cāng míng kōng kuò jìn xī xī jiāng xì
襟袖冷，稳泛沧溟空阔。尽吸西江，细
zhēn běi dǒu wàn xiàng wèi bīn kè kòu xián dú xiào bù zhī
斟北斗，万象为宾客。扣舷独啸，不知
jīn xī hé xī
今夕何夕。

xī jiāng yuè huáng líng miào zhāng xiào xiáng
西江月（黄陵庙） 张孝祥

mǎn zài yì chuán míng yuè píng pū qiān lǐ qiū jiāng bō
满载一船明月，平铺千里秋江。波
shén liú wǒ kàn xié yáng huàn qǐ lín lín xì làng míng
神留我看斜阳，唤起鳞鳞细浪。 明
rì fēng huí gèng hǎo jīn zhāo lù sù hé fáng shuǐ jīng gōng lǐ
日风回更好，今朝露宿何妨？水晶宫里
zòu ní cháng zhǔn nǐ yuè yáng lóu shàng
奏霓裳，准拟岳阳楼上。

nán kē zǐ wáng yán

南柯子 王炎

shān míng yún yīn zhòng tiān hán yǔ yì nóng shù zhī yōu
山冥云阴重，天寒雨意浓。数枝幽
yàn shī tí hóng mò wèi xī huā chóu chàng duì dōng fēng
艳湿啼红。莫为惜花惆怅对东风。

suō lì zhāo zhāo chū gōu chéng chù chù tōng rén jiān xīn kǔ
蓑笠朝朝出，沟塍处处通。人间辛苦
shì sān nóng yào dé yì lí shuǐ zú wàng nián fēng
是三农。要得一犁水足望年丰。

mō yú ér xīn qì jí

摸鱼儿 辛弃疾

chún xī jǐ hài zì hú běi cáo yí hú nán tóng guān wáng
淳熙己亥，自湖北漕移湖南，同官王
zhèng zhī zhì jiǔ xiǎo shān tíng wéi fù
正之置酒小山亭，为赋。

gèng néng xiāo jǐ fān fēng yǔ cōng cōng chūn yòu guī
更能消、几番风雨？匆匆春又归
qù xī chūn cháng pà huā kāi zǎo hé kuàng luò hóng wú shù
去。惜春长怕花开早，何况落红无数。
chūn qiě zhù jiàn shuō dào tiān yá fāng cǎo wú guī lù yuàn
春且住。见说道、天涯芳草无归路。怨

chūn bù yǔ suàn zhǐ yǒu yīn qín huà yán zhū wǎng jìn rì
春不语。算只有殷勤，画檐蛛网，尽日
rě fēi xù cháng mén shì zhǔn nǐ jiā qī yòu wù
惹飞絮。 长门事，准拟佳期又误。
é méi céng yǒu rén dù qiān jīn zòng mǎi xiàng rú fù mò mò
蛾眉曾有人妒。千金纵买相如赋，脉脉
cǐ qíng shuí sù jūn mò wǔ jūn bú jiàn yù huán fēi yàn
此情谁诉？君莫舞，君不见、玉环飞燕
jiē chén tǔ xián chóu zuì kǔ xiū qù yǐ wēi lán xié yáng
皆尘土！闲愁最苦！休去倚危栏，斜阳
zhèng zài yān liǔ duàn cháng chù
正在、烟柳断肠处。

shuǐ lóng yín dēng jiàn kāng shǎng xīn tíng xīn qì jí
水龙吟（登建康 赏心亭） 辛弃疾

chǔ tiān qiān lǐ qīng qiū shuǐ suí tiān qù qiū wú jì
楚天千里清秋，水随天去秋无际。
yáo cén yuǎn mù xiàn chóu gòng hèn yù zān luó jì luò rì
遥岑远目，献愁供恨，玉簪螺髻。落日
lóu tóu duàn hóng shēng lǐ jiāng nán yóu zǐ bǎ wú gōu kàn
楼头，断鸿声里，江南游子。把吴钩看
liǎo lán gān pāi biàn wú rén huì dēng lín yì xiū
了，栏杆拍遍，无人会、登临意。 休
shuō lú yú kān kuài jìn xī fēng jì yīng guī wèi qiú tián
说鲈鱼堪脍，尽西风、季鹰归未？求田

wèn shè pà yīng xiū jiàn liú láng cái qì kě xī liú nián
问舍，怕应羞见，刘郎才气。可惜流年，
yōu chóu fēng yǔ shù yóu rú cǐ qìng hé rén huàn qǔ hóng
忧愁风雨，树犹如此！倩何人、唤取红
jīn cuì xiù wèn yīng xióng lèi
巾翠袖，揾英雄泪！

niàn nú jiāo
念奴娇

xīn qì jí
辛弃疾

dēng jiàn kāng shǎng xīn tíng chéng shǐ liú shǒu zhì dào
登建康赏心亭，呈史留守致道。

wǒ lái diào gǔ shàng wēi lóu yíng dé xián chóu qiān hú
我来吊古，上危楼，赢得闲愁千斛。
hǔ jù lóng pán hé chù shì zhǐ yǒu xīng wáng mǎn mù liǔ
虎踞龙蟠何处是？只有兴亡满目。柳
wài xié yáng shuǐ biān guī niǎo lǒng shàng chuī qiáo mù piàn fān
外斜阳，水边归鸟，陇上吹乔木。片帆
xī qù yì shēng shuí pēn shuāng zhú què yì ān shí
西去，一声谁喷霜竹？ 却忆安石
fēng liú dōng shān suì wǎn lèi luò āi zhēng qǔ ér bèi gōng
风流，东山岁晚，泪落哀筝曲。儿辈功
míng dōu fù yǔ cháng rì wéi xiāo qí jú bǎo jìng nán xún
名都付与，长日惟消棋局。宝镜难寻，
bì yún jiāng mù shuí quàn bēi zhōng lǜ jiāng tóu fēng nù zhāo
碧云将暮，谁劝杯中绿？江头风怒，朝

lái bō làng fān wū
来波浪翻屋。

niàn nú jiāo
念奴娇(fù yǔ yán 赋雨岩) xīn qì jí 辛弃疾

jìn lái hé chù yǒu wú chóu　hé chù hái zhī wú lè
近来何处有吾愁？何处还知吾乐？
yì diǎn qī liáng qiān gǔ yì　dú yǐ xī fēng liáo kuò　bìng zhú
一点凄凉千古意，独倚西风寥廓。并竹
xún quán　hé yún zhòng shù　huàn zuò zhēn xián kè　cǐ xīn xián
寻泉，和云种树，唤作真闲客。此心闲
chù　bù yīng cháng jiè qiū hè　xiū shuō wǎng shì jiē
处，不应长藉邱壑。　休说往事皆
fēi　ér jīn yún shì　qiě bǎ qīng zūn zhuó　zuì lǐ bù zhī
非，而今云是，且把清尊酌。醉里不知
shuí shì wǒ　fēi yuè fēi yún fēi hè　lù lěng fēng gāo　sōng
谁是我，非月非云非鹤。露冷风高，松
shāo guì zǐ　zuì le hái xǐng què　běi chuāng gāo wò　mò jiào
梢桂子，醉了还醒却。北窗高卧，莫教
tí niǎo jīng zhe
啼鸟惊着。

zhè gū tiān　dài rén fù　xīn qì jí

鹧鸪天（代人赋）　辛弃疾

wǎn rì hán yā yí piàn chóu, liǔ táng xīn lǜ què wēn róu.

晚日寒鸦一片愁，柳塘新绿却温柔。

ruò jiào yǎn dǐ wú lí hèn, bú xìn rén jiān yǒu bái tóu.

若教眼底无离恨，不信人间有白头。

cháng yǐ duàn, lèi nán shōu. xiāng sī chóng shàng xiǎo hóng lóu.

肠已断，泪难收。相思重上小红楼。

qíng zhī yǐ bèi shān zhē duàn, pín yǐ lán gān bú zì yóu.

情知已被山遮断，频倚阑干不自由。

zhè gū tiān　sòng rén　xīn qì jí

鹧鸪天（送人）　辛弃疾

chàng chè yáng guān lèi wèi gān, gōng míng yú shì qiě jiā cān.

唱彻《阳关》泪未干，功名馀事且加餐。

fú tiān shuǐ sòng wú qióng shù, dài yǔ yún mái yí bàn shān.

浮天水送无穷树，带雨云埋一半山。

jīn gǔ hèn, jǐ qiān bān, zhǐ yīng lí hé shì bēi huān?

今古恨，几千般，只应离合是悲欢？

jiāng tóu wèi shì fēng bō è, bié yǒu rén jiān xíng lù

江头未是风波恶，别有人间行路

nán
难。

pú sà mán shūjiāng xī zào kǒu bì xīn qì jí
菩萨蛮（书江西造口壁） 辛弃疾

yù gū tái xià qīng jiāng shuǐ zhōng jiān duō shǎo xíng rén
郁孤台下清江水，中间多少行人
lèi xī běi wàngcháng ān kě lián wú shù shān qīng
泪。西北望长安，可怜无数山。 青
shān zhē bú zhù bì jìng dōng liú qù jiāng wǎn zhèng chóu yú
山遮不住，毕竟东流去。江晚正愁余，
shān shēn wén zhè gū
山深闻鹧鸪。

pú sà mán jīn líng shǎng xīn tíng wèi yè chéngxiàng fù xīn qì jí
菩萨蛮（金陵赏心亭为叶丞相赋） 辛弃疾

qīng shān yù gòng gāo rén yǔ lián piān wàn mǎ lái wú
青山欲共高人语，联翩万马来无
shù yān yǔ què dī huí wàng lái zhōng bù lái rén
数。烟雨却低回，望来终不来。 人
yán tóu shàng fà zǒng xiàng chóu zhōng bái pāi shǒu xiào shā ōu
言头上发，总向愁中白。拍手笑沙鸥，
yì shēn dōu shì chóu
一身都是愁。

zhù yīng tái jìn　wǎnchūn　xīn qì jí
祝英台近（晚春）　辛弃疾

bǎo chāi fēn táo yè dù yān liǔ àn nán pǔ pà
宝钗分，桃叶渡。烟柳暗南浦。怕
shàng céng lóu shí rì jiǔ fēng yǔ duàn cháng piàn piàn fēi hóng
上层楼，十日九风雨。断肠片片飞红，
dōu wú rén guǎn gèng shuí quàn tí yīng shēng zhù bìn
都无人管，更谁劝、啼莺声住？鬓
biān qù shì bǎ huā bǔ xīn qī cái zān yòu chóng shǔ luó
边觑。试把花卜心期，才簪又重数。罗
zhàng dēng hūn gěng yè mèng zhōng yǔ shì tā chūn dài chóu lái
帐灯昏，哽咽梦中语：是他春、带愁来，
chūn guī hé chù què bù jiě dài jiāng chóu qù
春归何处？却不解、带将愁去。

qīng yù àn　yuán xī　xīn qì jí
青玉案（元夕）　辛弃疾

dōng fēng yè fàng huā qiān shù gèng chuī luò xīng rú yǔ
东风夜放花千树，更吹落，星如雨。
bǎo mǎ diāo chē xiāng mǎn lù fèng xiāo shēng dòng yù hú guāng
宝马雕车香满路。凤箫声动，玉壶光
zhuǎn yí yè yú lóng wǔ é ér xuě liǔ huáng jīn
转，一夜鱼龙舞。　蛾儿雪柳黄金

lǚ xiào yǔ yíng yíng àn xiāng qù zhòng lǐ xún tā qiān bǎi
缕，笑语盈盈暗香去。众里寻他千百
dù mò rán huí shǒu nà rén què zài dēng huǒ lán shān chù
度，蓦然回首，那人却在，灯火阑珊处。

qīng píng yuè cūn jū xīn qì jí
清平乐（村居） 辛弃疾

máo yán dī xiǎo xī shàng qīng qīng cǎo zuì lǐ wú yīn
茅檐低小，溪上青青草。醉里吴音
xiāng mèi hǎo bái fà shuí jiā wēng ǎo dà ér chú dòu
相媚好，白发谁家翁媪。 大儿锄豆
xī dōng zhōng ér zhèng zhī jī lóng zuì xǐ xiǎo ér wú lài
溪东，中儿正织鸡笼。最喜小儿无赖，
xī tóu wò bō lián péng
溪头卧剥莲蓬。

qīng píng yuè dú sù bó shān wáng shì ān xīn qì jí
清平乐（独宿博山王氏庵） 辛弃疾

rào chuáng jī shǔ biān fú fān dēng wǔ wū shàng sōng
绕床饥鼠，蝙蝠翻灯舞。屋上松
fēng chuī jí yǔ pò zhǐ chuāng jiān zì yǔ píng shēng
风吹急雨，破纸窗间自语。 平生
sài běi jiāng nán guī lái huá fà cāng yán bù bèi qiū xiāo mèng
塞北江南，归来华发苍颜。布被秋宵梦

jué yǎn qián wàn lǐ jiāng shān
觉，眼前万里江山。

hè xīn láng
贺新郎

xīn qì jí
辛弃疾

lǎo dà nǎ kān shuō sì ér jīn yuán lóng xiù wèi
老大那堪说。似而今、元龙臭味，

mèng gōng guā gé wǒ bìng jūn lái gāo gē yǐn jīng sàn lóu tóu
孟公瓜葛。我病君来高歌饮，惊散楼头

fēi xuě xiào fù guì qiān jūn rú fà yìng yǔ pán kōng shuí
飞雪。笑富贵千钧如发。硬语盘空谁

lái tīng jì dāng shí zhǐ yǒu xī chuāng yuè chóng jìn jiǔ
来听？记当时、只有西窗月。重进酒，

huàn míng sè shì wú liǎng yàng rén xīn bié wèn qú
换鸣瑟。　　事无两样人心别。问渠

nóng shén zhōu bì jìng jǐ fān lí hé hàn xuè yán chē wú
侬：神州毕竟，几番离合？汗血盐车无

rén gù qiān lǐ kōng shou jùn gǔ zhèng mù duàn guān hé lù
人顾，千里空收骏骨。正目断关河路

jué wǒ zuì lián jūn zhōng xiāo wǔ dào nán ér dào sǐ xīn
绝。我最怜君中宵舞，道“男儿到死心

rú tiě kàn shì shǒu bǔ tiān liè
如铁”。看试手，补天裂。

zhè gū tiān dài rén fù xīn qì jí

鹧鸪天(代人赋) 辛弃疾

mò shàng róu sāng pò nèn yá dōng lín cán zhǒng yǐ shēng
陌上柔桑破嫩芽，东邻蚕种已生
xiē píng gāng xì cǎo míng huáng dú xié rì hán lín diǎn mù
些。平冈细草鸣黄犊，斜日寒林点暮
yā shān yuǎn jìn lù héng xiá qīng qí gū jiǔ yǒu
鸦。山远近，路横斜，青旗沽酒有
rén jiā chéngzhōng táo lǐ chóu fēng yǔ chūn zài xī tóu jì cài
人家。城中桃李愁风雨，春在溪头荠菜
huā
花。

zhè gū tiān xīn qì jí

鹧鸪天 辛弃疾

yóu é hú zuì shū jiǔ jiā bì
游鹅湖，醉书酒家壁。
chūn rù píng yuán jì cài huā xīn gēng yǔ hòu luò qún
春入平原荠菜花，新耕雨后落群
yā duō qíng bái fà chūn wú nài wǎn rì qīng lián jiǔ yì
鸦。多情白发春无奈，晚日青帘酒易
shē xián yì tài xì shēng yá niú lán xī pàn yǒu
赊。闲意态，细生涯。牛栏西畔有

sāng má qīng qún gǎo mèi shuí jiā nǚ qù chèn cán shēng kàn wài
桑麻。青裙缟袂谁家女，去趁蚕生看外
jiā
家。

xī jiāng yuè
西江月（yè xíng huáng shā dào zhōng 夜行黄沙道中）

xīn qì jí
辛弃疾

míng yuè bié zhī jīng què qīng fēng bàn yè míng chán dào
明月别枝惊鹊，清风半夜鸣蝉。稻
huā xiāng lǐ shuō fēng nián tīng qǔ wā shēng yí piàn
花香里说丰年。听取蛙声一片。
qī bā gè xīng tiān wài liǎng sān diǎn yǔ shān qián jiù shí máo
七八个星天外，两三点雨山前。旧时茅
diàn shè lín biān lù zhuǎn xī qiáo hū xiàn
店社林边，路转溪桥忽见。

hè xīn láng
贺新郎（bié mào jiā shí èr dì 别茂嘉十二弟）

xīn qì jí
辛弃疾

lǜ shù tīng tí jué gèng nǎ kān zhè gū shēng zhù dù
绿树听鹈鴂，更那堪、鹧鸪声住，杜
juān shēng qiè tí dào chūn guī wú xún chù kǔ hèn fāng fēi dōu
鹃声切。啼到春归无寻处，苦恨芳菲都

xiē suàn wèi dǐ rén jiān lí bié mǎ shàng pí pá guān sài
歇。算未抵、人间离别。马上琵琶关塞

hēi gèng cháng mén cuì niǎn cí jīn què kàn yàn yàn sòng guī
黑，更长门翠辇辞金阙。看燕燕，送归

qiè jiāng jūn bǎi zhàn shēn míng liè xiàng hé liáng huí
妾。　将军百战身名裂，向河梁、回

tóu wàn lǐ gù rén cháng jué yì shuǐ xiāo xiāo xī fēng lěng
头万里，故人长绝。易水萧萧西风冷，

mǎn zuò yī guān sì xuě zhèng zhuàng shì bēi gē wèi chè
满座衣冠似雪。正壮士、悲歌未彻。

tí niǎo hái zhī rú xǔ hèn liào bù tí qīng lèi cháng tí xuè
啼鸟还知如许恨，料不啼清泪长啼血。

shuí gòng wǒ zuì míng yuè
谁共我，醉明月？

hè xīn láng
贺新郎

xīn qì jí
辛弃疾

shèn yǐ wú shuāi yǐ chàng píng shēng jiāo yóu líng luò
甚矣吾衰矣。怅平生、交游零落，

zhǐ jīn yú jǐ bái fà kōng chuí sān qiān zhàng yí xiào rén jiān
只今余几。白发空垂三千丈，一笑人间

wàn shì wèn hé wù néng lìng gōng xǐ wǒ jiàn qīng shān duō
万事。问何物、能令公喜？我见青山多

wǔ mèi liào qīng shān jiàn wǒ yīng rú shì qíng yǔ mào lüè
妩媚，料青山见我应如是。情与貌，略

xiāng sì yì zūn sāo shǒu dōng chuāng lǐ xiǎng yuān míng
相似。一尊搔首东窗里。想渊明

tíng yún shī jiù cǐ shí fēng wèi jiāng zuǒ chén hān qiú míng
《停云》诗就，此时风味。江左沉酣求名

zhě qǐ shí zhuó láo miào lǐ huí shǒu jiào yún fēi fēng qǐ
者，岂识浊醪妙理？回首叫、云飞风起。

bú hèn gǔ rén wú bú jiàn hèn gǔ rén bú jiàn wú kuáng ěr
不恨古人、吾不见，恨古人不见吾狂耳。

zhī wǒ zhě èr sān zǐ
知我者，二三子。

chǒu nú ér shū bó shān dào zhōng bì xīn qì jí

丑奴儿（书博山道中壁） 辛弃疾

shào nián bù shí chóu zī wèi ài shàng céng lóu ài shàng
少年不识愁滋味，爱上层楼。爱上

céng lóu wèi fù xīn cí qiǎng shuō chóu ér jīn shí jìn
层楼，为赋新词强说愁。而今识尽

chóu zī wèi yù shuō hái xiū yù shuō hái xiū què dào tiān
愁滋味，欲说还休。欲说还休，却道天

liáng hǎo gè qiū
凉好个秋。

qìn yuán chūn

沁园春

xīn qì jí

辛弃疾

líng shān qí ǎn fù shí zhù yǎn hú wèi chéng

灵山齐庵赋，时筑偃湖未成。

dié zhàng xī chí wàn mǎ huí xuán zhòng shān yù dōng

叠嶂西驰，万马回旋，众山欲东。

zhèng jīng tuān zhí xià tiào zhū dào jiàn xiǎo qiáo héng jié quē yuè

正惊湍直下，跳珠倒溅；小桥横截，缺月

chū gōng lǎo hé tóu xián tiān jiào duō shì jiǎn jiào cháng shēn

初弓。老合投闲，天教多事，检校长身

shí wàn sōng wú lú xiǎo zài lóng shé yǐng wài fēng yǔ shēng

十万松。吾庐小，在龙蛇影外，风雨声

zhōng zhēng xiān jiàn miàn chóng chóng kàn shuǎng qì zhāo lái

中。 争先见面重重，看爽气朝来

sān shù fēng sì xiè jiā zǐ dì yī guān lěi luò xiàng rú

三数峰。似谢家子弟，衣冠磊落；相如

tíng hù chē jì yōng róng wǒ jué qí jiān xióng shēn yǎ jiàn

庭户，车骑雍容。我觉其间，雄深雅健，

rú duì wén zhāng tài shǐ gōng xīn dī lù wèn yǎn hú hé

如对文章太史公。新堤路，问偃湖何

rì yān shuǐ méng méng

日，烟水濛濛。

破阵子（为陈同甫赋壮语以寄） 辛弃疾

醉里挑灯看剑，梦回吹角连营。八百里分麾下炙，五十弦翻塞外声，沙场秋点兵。

马作的卢飞快，弓如霹雳弦惊。了却君王天下事，赢得生前身后名。可怜白发生！

鹧鸪天 辛弃疾

壮岁旌旗拥万夫，锦襜突骑渡江初。燕兵夜娖银胡𬮤，汉箭朝飞金仆姑。

追往事，叹今吾，春风不染白髭须。

dōu jiāng wàn zì píng róng cè huàn dé dōng jiā zhòng shù shū
都将万字平戎策，换得东家种树书。

yù lóu chūn xì fù yúnshān xīn qì jí
玉楼春（戏赋云山） 辛弃疾

hé rén bàn yè tuī shān qù sì miàn fú yún cāi shì rǔ
何人半夜推山去？四面浮云猜是汝。
cháng shí xiāng duì liǎng sān fēng zǒu biàn xī tóu wú mì chù
常时相对两三峰，走遍溪头无觅处。
xī fēng piē qǐ yún héng dù hū jiàn dōng nán tiān yí zhù
西风瞥起云横度，忽见东南天一柱。
lǎo sēng pāi shǒu xiào xiāng kuā qiě xǐ qīng shān yī jiù zhù
老僧拍手笑相夸，且喜青山依旧住。

xī jiāng yuè qiǎnxīng xīn qì jí
西江月（遣兴） 辛弃疾

zuì lǐ qiě tān huān xiào yào chóu nǎ dé gōng fū
醉里且贪欢笑，要愁那得工夫。
jìn lái shǐ jué gǔ rén shū xìn zhe quán wú shì chù
近来始觉古人书，信著全无是处。
zuó yè sōng biān zuì dǎo wèn sōng wǒ zuì hé rú zhǐ yí sōng
昨夜松边醉倒，问松“我醉何如”。只疑松

dòng yào lái fú yǐ shǒu tuī sōng yuē qù

动要来扶，以手推松曰："去。"

yǒng yù lè jīng kǒu běi gù tíng huái gǔ xīn qì jí

永遇乐（京口北固亭怀古） 辛弃疾

qiān gǔ jiāng shān yīng xióng wú mì sūn zhòng móu chù

千古江山，英雄无觅、孙仲谋处。

wǔ xiè gē tái fēng liú zǒng bèi yǔ dǎ fēng chuī qù xié

舞榭歌台，风流总被、雨打风吹去。斜

yáng cǎo shù xún cháng xiàng mò rén dào jì nú céng zhù xiǎng

阳草树，寻常巷陌，人道寄奴曾住。想

dāng nián jīn gē tiě mǎ qì tūn wàn lǐ rú hǔ

当年，金戈铁马，气吞万里如虎。

yuán jiā cǎo cǎo fēng láng jū xū yíng dé cāng huáng běi gù

元嘉草草，封狼居胥，赢得仓皇北顾。

sì shí sān nián wàng zhōng yóu jì fēng huǒ yáng zhōu lù kě

四十三年，望中犹记、烽火扬州路。可

kān huí shǒu bì lí cí xià yí piàn shén yā shè gǔ píng

堪回首，佛狸祠下，一片神鸦社鼓。凭

shuí wèn lián pō lǎo yǐ shàng néng fàn fǒu

谁问：廉颇老矣，尚能饭否？

nán xiāng zǐ　dēng jīng kǒu běi gù tíng yǒu huái　xīn qì jí

南乡子（登京口北固亭有怀）　辛弃疾

hé chù wàng shén zhōu　mǎn yǎn fēng guāng běi gù lóu
何处望神州？满眼风光北固楼。
qiān gǔ xīng wáng duō shǎo shì　yōu yōu　bú jìn cháng jiāng gǔn gǔn
千古兴亡多少事？悠悠，不尽长江滚滚
liú　nián shào wàn dōu móu　zuò duàn dōng nán zhàn wèi
流！　年少万兜鍪，坐断东南战未
xiū　tiān xià yīng xióng shuí dí shǒu　cáo liú　shēng zǐ dāng
休。天下英雄谁敌手？曹刘。生子当
rú sūn zhòng móu
如孙仲谋！

shuǐ diào gē tóu　sòng zhāng dé mào dà qīng shǐ lǔ　chén liàng

水调歌头（送章德茂大卿使虏）　陈亮

bú jiàn nán shī jiǔ　màn shuō běi qún kōng　dāng chǎng zhī
不见南师久，漫说北群空。当场只
shǒu　bì jìng huán wǒ wàn fū xióng　zì xiào táng táng hàn shǐ
手，毕竟还我万夫雄。自笑堂堂汉使，
dé sì yáng yáng hé shuǐ　yī jiù zhǐ liú dōng　qiě fù qióng lú
得似洋洋河水，依旧只流东。且复穹庐
bài　huì xiàng gǎo jiē féng　yáo zhī dū　shùn zhī rǎng
拜，会向藁街逢！　尧之都，舜之壤，

yǔ zhī fēng yú zhōng yīng yǒu yí gè bàn gè chǐ chén róng

禹之封。于中应有，一个半个耻臣戎！

wàn lǐ xīng shān rú xǔ qiān gǔ yīng líng ān zài páng bó jǐ

万里腥膻如许，千古英灵安在，磅礴几

shí tōng hú yùn hé xū wèn hè rì zì dāngzhōng

时通？胡运何须问，赫日自当中！

qìn yuánchūn

沁园春

liú guò

刘过

jì xīn chéng zhǐ shí chéng zhǐ zhāo bú fù

寄辛承旨。时承旨招，不赴。

dǒu jiǔ zhì jiān fēng yǔ dù jiāng qǐ bú kuài zāi

斗酒彘肩，风雨渡江，岂不快哉！

bèi xiāngshān jū shì yāo lín hé jìng yǔ pō xiān lǎo jià lè

被香山居士，约林和靖，与坡仙老，驾勒

wú huí pō wèi xī hú zhèng rú xī zǐ nóng mǒ dàn zhuāng

吾回。坡谓西湖，正如西子，浓抹淡妆

lín jìng tái èr gōng zhě jiē diào tóu bú gù zhǐ guǎn xián

临镜台。二公者，皆掉头不顾，只管衔

bēi bái yún tiān zhú qù lái tú huà lǐ zhēng róng

杯。　白云天竺去来，图画里、峥嵘

lóu guàn kāi ài dōng xī shuāng jiàn zòng héng shuǐ rào liǎng fēng

楼观开。爱东西双涧，纵横水绕；两峰

nán běi gāo xià yún duī bū yuē bù rán àn xiāng fú dòng

南北，高下云堆。逋曰不然，暗香浮动，

zhēng sì gū shān xiān tàn méi xū qíng qù fǎng jià xuān wèi
争似孤山先探梅。须晴去，访稼轩未

wǎn qiě cǐ pái huái
晚，且此徘徊。

táng duō lìng 唐多令 liú guò 刘过

lú yè mǎn tīng zhōu hán shā dài qiǎn liú èr shí nián
芦叶满汀洲，寒沙带浅流。二十年

chóng guò nán lóu liǔ xià xì zhōu yóu wèi wěn néng jǐ rì
重过南楼。柳下系舟犹未稳，能几日，

yòu zhōng qiū huáng hè duàn jī tóu gù rén jīn zài
又中秋。　黄鹤断矶头，故人今在

fǒu jiù jiāng shān hún shì xīn chóu yù mǎi guì huā tóng zài
不？旧江山浑是新愁。欲买桂花同载

jiǔ zhōng bú sì shào nián yóu
酒，终不似、少年游。

liǔ shāo qīng 柳梢青(sòng lú méi pō 送卢梅坡) liú guò 刘过

fàn jú bēi shēn chuī méi jiǎo yuǎn tóng zài jīng chéng
泛菊杯深，吹梅角远，同在京城。

jù sàn cōng cōng yún biān gū yàn shuǐ shàng fú píng
聚散匆匆，云边孤雁，水上浮萍。

jiào rén zěn bù shāng qíng jué jǐ dù hún fēi mèng jīng hòu
教人怎不伤情？觉几度、魂飞梦惊。后
yè xiāng sī chén suí mǎ qù yuè zhú zhōu xíng
夜相思，尘随马去，月逐舟行。

diǎn jiàng chún
点绛唇 jiāng kuí 姜夔

dīng wèi dōng guò wú sōng zuò
丁未冬过吴松作。
yàn yàn wú xīn tài hú xī pàn suí yún qù shù fēng
燕雁无心，太湖西畔随云去。数峰
qīng kǔ shāng lüè huáng hūn yǔ dì sì qiáo biān
清苦。商略黄昏雨。 第四桥边，
nǐ gòng tiān suí zhù jīn hé xǔ píng lán huái gǔ cán
拟共天随住。今何许。凭栏怀古。残
liǔ cēn cī wǔ
柳参差舞。

niàn nú jiāo
念奴娇 jiāng kuí 姜夔

nào hóng yì gě jì lái shí cháng yǔ yuān yāng wéi lǚ
闹红一舸，记来时、尝与鸳鸯为侣。
sān shí liù bēi rén wèi dào shuǐ pèi fēng cháng wú shù cuì yè
三十六陂人未到，水佩风裳无数。翠叶

chuī liáng yù róng xiāo jiǔ gèng sǎ gū pú yǔ yān rán yáo
吹凉，玉容销酒，更洒菰蒲雨。嫣然摇
dòng lěng xiāng fēi shàng shī jù rì mù qīng gài tíng
动，冷香飞上诗句。日暮青盖亭
tíng qíng rén bú jiàn zhēng rěn líng bō qù zhǐ kǒng wǔ yī
亭，情人不见，争忍凌波去。只恐舞衣
hán yì luò chóu rù xī fēng nán pǔ gāo liǔ chuí yīn lǎo
寒易落，愁入西风南浦。高柳垂阴，老
yú chuī làng liú wǒ huā jiān zhù tián tián duō shǎo jǐ huí
鱼吹浪，留我花间住。田田多少，几回
shā jì guī lù
沙际归路。

yáng zhōu màn
扬州慢

jiāng kuí
姜夔

chún xī bǐng shēn zhì rì yú guò wéi yáng yè xuě chū jì
淳熙丙申至日，予过维扬，夜雪初霁，
jì mài mí wàng rù qí chéng zé sì gù xiāo tiáo hán shuǐ zì bì
荠麦弥望。入其城则四顾萧条，寒水自碧。
mù sè jiàn qǐ shù jiǎo bēi yín yú huái chuàng rán gǎn kǎi jīn
暮色渐起，戍角悲吟。予怀怆然，感慨今
xī yīn zì dù cǐ qǔ qiān yán lǎo rén yǐ wéi yǒu shǔ lí zhī
昔，因自度此曲。千岩老人以为有《黍离》之
bēi yě
悲也。

huái zuǒ míng dū　zhú xī jiā chù　jiě ān shǎo zhù chū
淮左名都，竹西佳处，解鞍少驻初
chéng　guò chūn fēng shí lǐ　jìn jì mài qīng qīng　zì hú mǎ
程。过春风十里，尽荠麦青青。自胡马
kuī jiāng qù hòu　fèi chí qiáo mù　yóu yàn yán bīng　jiàn huáng
窥江去后，废池乔木，犹厌言兵。渐黄
hūn　qīng jiǎo chuī hán　dōu zài kōng chéng　dù láng jùn
昏，清角吹寒，都在空城。　杜郎俊
shǎng　suàn ér jīn　chóng dào xū jīng　zòng dòu kòu cí gōng
赏，算而今、重到须惊。纵豆蔻词工，
qīng lóu mèng hǎo　nán fù shēn qíng　èr shí sì qiáo réng zài
青楼梦好，难赋深情。二十四桥仍在，
bō xīn dàng　lěng yuè wú shēng　niàn qiáo biān hóng yào　nián nián
波心荡、冷月无声。念桥边红药，年年
zhī wèi shuí shēng
知为谁生！

àn xiāng　jiāng kuí
暗香　姜夔

jiù shí yuè sè　suàn jǐ fān zhào wǒ　méi biān chuī dí
旧时月色，算几番照我，梅边吹笛。
huàn qǐ yù rén　bù guǎn qīng hán yǔ pān zhāi　hé xùn ér jīn
唤起玉人，不管清寒与攀摘。何逊而今
jiàn lǎo　dōu wàng què　chūn fēng cí bǐ　dàn guài dé　zhú wài
渐老，都忘却、春风词笔。但怪得、竹外

疏花，香冷入瑶席。江国，正寂寂。叹寄与路遥，夜雪初积。翠尊易泣，红萼无言耿相忆。长记曾携手处，千树压、西湖寒碧。又片片、吹尽也，几时见得？

疏影 姜夔

苔枝缀玉，有翠禽小小，枝上同宿。客里相逢，篱角黄昏，无言自倚修竹。昭君不惯胡沙远，但暗忆、江南江北；想佩环、月夜归来，化作此花幽独。

犹记深宫旧事，那人正睡里，飞近蛾绿。莫似春风，不管盈盈，早与安排金屋。还教一片随波去，又却怨、玉龙哀曲。

děng nèn shí chóng mì yōu xiāng yǐ rù xiǎo chuānghéng fú
等恁时、重觅幽香，已入小窗横幅。

zhāo jūn yuàn méihuā zhèng yù
昭君怨（梅花） 郑域

dào shì huā lái chūn wèi dào shì xuě lái xiāng yì zhú
道是花来春未，道是雪来香异。竹
wài yì zhī xiá yě rén jiā lěng luò zhú lí máo
外一枝斜，野人家。 冷落竹篱茅
shè fù guì yù táng qióng xiè liǎng dì bù tóng zāi yì bān
舍，富贵玉堂琼榭。两地不同栽，一般
kāi
开。

shuāng shuāng yàn yǒngyàn shǐ dá zǔ
双双燕（咏燕） 史达祖

guò chūn shè liǎo dù lián mù zhōng jiān qù nián chén lěng
过春社了，度帘幕中间，去年尘冷。
chā chí yù zhù shì rù jiù cháo xiāng bìng hái xiàng diāo liáng zǎo
差池欲住，试入旧巢相并。还相雕梁藻
jǐng yòu ruǎn yǔ shāng liáng bú dìng piāo rán kuài fú huā shāo
井，又软语商量不定。飘然快拂花梢，
cuì wěi fēn kāi hóng yǐng fāng jìng qín ní yǔ rùn
翠尾分开红影。 芳径，芹泥雨润。

ài tiē dì zhēng fēi jìng kuā qīng jùn hóng lóu guī wǎn kàn
爱贴地争飞，竞夸轻俊。红楼归晚，看
zú liǔ hūn huā míng yìng zì qī xiāng zhèng wěn biàn wàng le
足柳昏花暝。应自栖香正稳，便忘了、
tiān yá fāng xìn chóu sǔn cuì dài shuāng é rì rì huà lán
天涯芳信。愁损翠黛双蛾，日日画阑
dú píng
独凭。

hè xīn láng liú kè zhuāng
贺新郎 刘克庄

běi wàng shén zhōu lù shì píng zhāng zhè chǎng gōng shì
北望神州路，试平章、这场公事，
zěn shēng fēn fù jì de tài háng shān bǎi wàn céng rù zōng yé
怎生分付？记得太行山百万，曾入宗爷
jià yù jīn bǎ zuò wò shé qí hǔ jūn qù jīng dōng háo
驾驭。今把作握蛇骑虎。君去京东豪
jié xǐ xiǎng tóu gē xià bài zhēn wú fù tán xiào lǐ dìng
杰喜，想投戈下拜真吾父。谈笑里，定
qí lǔ liǎng hé xiāo sè wéi hú tù wèn dāng nián
齐鲁。 两河萧瑟惟狐兔。问当年、
zǔ shēng qù hòu yǒu rén lái fǒu duō shǎo xīn tíng huī lèi
祖生去后，有人来否？多少新亭挥泪
kè shuí mèng zhōng yuán kuài tǔ suàn shì yè xū yóu rén zuò
客，谁梦中原块土？算事业须由人做。

yīng xiào shū shēng xīn dǎn qiè xiàng chē zhōng bì zhì rú xīn
应笑书生心胆怯，向车中、闭置如新
fù kōng mù sòng sài hóng qù
妇。空目送，塞鸿去。

hè xīn láng jiǔ rì liú kè zhuāng
贺新郎（九日）刘克庄

zhàn zhàn cháng kōng hēi gèng nǎ kān xié fēng xì yǔ luàn
湛湛长空黑，更那堪、斜风细雨，乱
chóu rú zhī lǎo yǎn píng shēng kōng sì hǎi lài yǒu gāo lóu bǎi
愁如织。老眼平生空四海，赖有高楼百
chǐ kàn hào dàng qiān yá qiū sè bái fà shū shēng shén zhōu
尺。看浩荡、千崖秋色。白发书生神州
lèi jìn qī liáng bú xiàng niú shān dī zhuī wǎng shì qù wú
泪，尽凄凉、不向牛山滴。追往事，去无
jì shào nián zì fù líng yún bǐ dào ér jīn chūn
迹。少年自负凌云笔。到而今、春
huā luò jìn mǎn huái xiāo sè cháng hèn shì rén xīn yì shǎo
华落尽，满怀萧瑟。常恨世人新意少，
ài shuō nán cháo kuáng kè bǎ pò mào nián nián niān chū ruò
爱说南朝狂客。把破帽年年拈出。若
duì huáng huā gū fù jiǔ pà huáng huā yě xiào rén cén jì
对黄花孤负酒，怕黄花也笑人岑寂。
hóng běi qù rì xī nì
鸿北去，日西匿。

yīng tí xù chūnwǎngǎnhuái wú wényīng

莺啼序（春晚感怀） 吴文英

cán hán zhèng qī bìng jiǔ yǎn chén xiāng xiù hù yàn lái
残寒正欺病酒，掩沉香绣户。燕来
wǎn fēi rù xī chéng sì shuō chūn shì chí mù huà chuán
晚，飞入西城，似说春事迟暮。画船
zài qīng míng guò què qíng yān rǎn rǎn wú gōng shù niàn jī
载、清明过却，晴烟冉冉吴宫树。念羁
qíng yóu dàng suí fēng huà wéi qīng xù shí zǎi xī
情、游荡随风，化为轻絮。　十载西
hú bàng liǔ xì mǎ chèn jiāo chén ruǎn wù sù hóng jiàn zhāo
湖，傍柳系马，趁娇尘软雾。溯红渐、招
rù xiān xī jǐn ér tōu jì yōu sù yǐ yín píng chūn kuān
入仙溪，锦儿偷寄幽素。倚银屏、春宽
mèng zhǎi duàn hóng shī gē wán jīn lǚ míng dī kōng qīng bǎ
梦窄，断红湿、歌纨金缕。暝堤空，轻把
xié yáng zǒng huán ōu lù yōu lán xuán lǎo dù ruò
斜阳，总还鸥鹭。　幽兰旋老，杜若
huán shēng shuǐ xiāng shàng jì lǚ bié hòu fǎng liù qiáo wú
还生，水乡尚寄旅。别后访、六桥无
xìn shì wǎng huā wěi yì yù mái xiāng jǐ fān fēng yǔ cháng
信，事往花委，瘗玉埋香，几番风雨。长
bō dù pàn yáo shān xiū dài yú dēng fēn yǐng chūn jiāng sù
波妒盼，遥山羞黛，渔灯分影春江宿。

jì dāng shí duǎn jí táo gēn dù qīng lóu fǎng fú lín fēn
记当时、短楫桃根渡。青楼仿佛，临分
bài bì tí shī lèi mò cǎn dàn chén tǔ wēi tíng wàng
败壁题诗，泪墨惨淡尘土。　危亭望
jí cǎo sè tiān yá tàn bìn qīn bàn zhù àn diǎn jiǎn lí
极，草色天涯，叹鬓侵半苎。暗点检：离
hén huān tuò shàng rǎn jiāo xiāo duǒ fèng mí guī pò luán yōng
痕欢唾，尚染鲛绡，亸凤迷归，破鸾慵
wǔ yīn qín dài xiě shū zhōng cháng hèn lán xiá liáo hǎi chén
舞。殷勤待写，书中长恨，蓝霞辽海沉
guò yàn màn xiāng sī tán rù āi zhēng zhù shāng xīn qiān lǐ
过雁，漫相思、弹入哀筝柱。伤心千里
jiāng nán yuàn qǔ chóng zhāo duàn hún zài fǒu
江南，怨曲重招，断魂在否？

táng duō lìng
唐多令

wú wényīng
吴文英

hé chù hé chéng chóu lí rén xīn shàng qiū zòng bā
何处合成愁？离人心上秋。纵芭
jiāo bù yǔ yě sōu sōu dōu dào wǎn liáng tiān qì hǎo yǒu míng
蕉不雨也飕飕。都道晚凉天气好；有明
yuè pà dēng lóu nián shì mèng zhōng xiū huā kōng yān
月，怕登楼。　年事梦中休，花空烟
shuǐ liú yàn cí guī kè shàng yān liú chuí liǔ bù yíng
水流。燕辞归、客尚淹留。垂柳不萦

qún dài zhù　màn cháng shì　xì xíng zhōu
裙带住，漫长是、系行舟。

liǔ shāo qīng　chūn gǎn　liú chén wēng
柳梢青（春感）　刘辰翁

tiě mǎ méng zhān　yín huā sǎ lèi　chūn rù chóu chéng
铁马蒙毡，银花洒泪，春入愁城。
dí lǐ fān qiāng　jiē tóu xì gǔ　bú shì gē shēng
笛里番腔，街头戏鼓，不是歌声。
nǎ kān dú zuò qīng dēng　xiǎng gù guó　gāo tái yuè míng　niǎn
那堪独坐青灯。想故国、高台月明。辇
xià fēng guāng　shān zhōng suì yuè　hǎi shàng xīn qíng
下风光，山中岁月，海上心情。

mù lán huā màn　duàn qiáo cán xuě　zhōu mì
木兰花慢（断桥残雪）　周密

mì méi huā xìn xī　yōng yín xiù　mù biān hán　zì
觅梅花信息，拥吟袖，暮鞭寒。自
fàng hè rén guī　yuè xiāng shuǐ yǐng　shī lěng gū shān　děng xián
放鹤人归，月香水影，诗冷孤山。等闲。
pàn hán xiàn nuǎn　kàn róng chéng　yù shuǐ dào rén jiān　wǎ lǒng
泮寒晛暖，看融城、御水到人间。瓦陇
zhú gēn gèng hǎo　liǔ biān xiǎo zhù yóu ān　láng gān
竹根更好，柳边小驻游鞍。琅玕。

bàn yǐ yún wān gū zhào wǎn zài shī huán shì zuì hún xǐng
半倚云湾。孤棹晚，载诗还。是醉魂醒
chù huà qiáo dì èr lián yuè chū sān dōng lán yǒu rén
处，画桥第二，奁月初三。东阑。有人
bù yù guài bīng ní qìn shī jǐn yuān bān hái jiàn qíng bō
步玉，怪冰泥、沁湿锦鹓斑。还见晴波
zhǎng lǜ xiè chí mèng cǎo xiāngguān
涨绿，谢池梦草相关。

lèi jiāng yuè

酹江月

wéntiānxiáng
文天祥

qián kūn néng dà suàn jiāo lóng yuán bú shì chí zhōng wù
乾坤能大，算蛟龙、元不是池中物。
fēng yǔ láo chóu wú zhuó chù nǎ gèng hán chóng sì bì héng shuò
风雨牢愁无著处，那更寒虫四壁。横槊
tí shī dēng lóu zuò fù wàn shì kōng zhōng xuě jiāng liú rú
题诗，登楼作赋，万事空中雪。江流如
cǐ fāng lái hái yǒu yīng jié kān xiào yí yè piāo
此，方来还有英杰。　　堪笑一叶漂
líng chóng lái huái shuǐ zhèng liáng fēng xīn fā jìng lǐ zhū yán
零，重来淮水，正凉风新发。镜里朱颜
dōu biàn jìn zhǐ yǒu dān xīn nán miè qù qù lóng shā jiāng
都变尽，只有丹心难灭。去去龙沙，江
shān huí shǒu yí xiàn qīng rú fà gù rén yīng niàn dù juān
山回首，一线青如发。故人应念，杜鹃

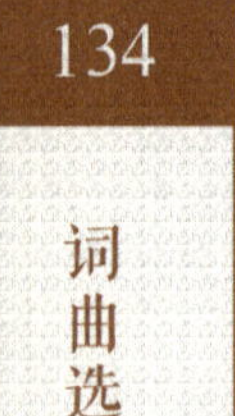

zhī shàng cán yuè
枝上残月。

mǎn tíng fāng
满庭芳

xú jūn bǎo qī
徐君宝妻

hàn shàng fán huá jiāng nán rén wù shàng yí xuān zhèng fēng
汉上繁华，江南人物，尚遗宣政风
liú lǜ chuāng zhū hù shí lǐ làn yín gōu yí dàn dāo bīng
流。绿窗朱户，十里烂银钩。一旦刀兵
qí jǔ jīng qí yōng bǎi wàn pí xiū cháng qū rù gē lóu
齐举，旌旗拥、百万貔貅。长驱入，歌楼
wǔ xiè fēng juǎn luò huā chóu qīng píng sān bǎi zǎi diǎn
舞榭，风卷落花愁。 清平三百载，典
zhāng rén wù sǎo dì jù xiū xìng cǐ shēn wèi běi yóu kè nán
章人物，扫地俱休。幸此身未北，犹客南
zhōu pò jiàn xú láng hé zài kōng chóu chàng xiāng jiàn wú yóu
州。破鉴徐郎何在？空惆怅、相见无由。
cóng jīn hòu duàn hún qiān lǐ yè yè yuè yáng lóu
从今后，断魂千里，夜夜岳阳楼。

yì jiǎn méi
一剪梅

zhōuguò wú jiāng
（舟过吴江）

jiǎng jié
蒋捷

yí piàn chūn chóu dài jiǔ jiāo jiāng shàng zhōu yáo lóu shàng
一片春愁待酒浇。江上舟摇，楼上

lián zhāo　qiū niáng dù yǔ tài niáng jiāo　fēng yòu piāo piāo　yǔ
帘招。秋娘度与泰娘娇，风又飘飘，雨
yòu xiāo xiāo　hé rì guī jiā xǐ kè páo　yín zì
又萧萧。　何日归家洗客袍？银字
shēng diào　xīn zì xiāng shāo　liú guāng róng yì bǎ rén pāo　hóng
笙调，心字香烧。流光容易把人抛，红
le yīng táo　lǜ le bā jiāo
了樱桃，绿了芭蕉。

yú měi rén　tīng yǔ　jiǎng jié
虞美人（听雨）　蒋捷

shào nián tīng yǔ gē lóu shàng　hóng zhú hūn luó zhàng
　少年听雨歌楼上，红烛昏罗帐。
zhuàng nián tīng yǔ kè zhōu zhōng　jiāng kuò yún dī duàn yàn jiào xī
壮年听雨客舟中，江阔云低断雁叫西
fēng　ér jīn tīng yǔ sēng lú xià　bìn yǐ xīng xīng
风。　而今听雨僧庐下，鬓已星星
yě　bēi huān lí hé zǒng wú qíng　yí rèn jiē qián diǎn dī dào
也。悲欢离合总无情，一任阶前点滴到
tiān míng
天明。

nán pǔ chūnshuǐ zhāngyán
南浦（春水） 张炎

bō nuǎn lǜ lín lín yàn fēi lái hǎo shì sū dī cái
波暖绿粼粼，燕飞来，好是苏堤才
xiǎo yú mò làng hén yuán liú hóng qù fān xiào dōng fēng nán
晓。鱼没浪痕圆，流红去，翻笑东风难
sǎo huāng qiáo duàn pǔ liǔ yīn chēng chū piān zhōu xiǎo huí
扫。荒桥断浦，柳阴撑出扁舟小。回
shǒu chí táng qīng yù biàn jué sì mèngzhōng fāng cǎo hé
首池塘青欲遍，绝似梦中芳草。 和
yún liú chū kōng shān shèn nián nián jìng xǐ huā xiāng bù liǎo
云流出空山，甚年年净洗，花香不了？
xīn lǜ zhà shēng shí gū cūn lù yóu yì nà huí céng dào
新绿乍生时，孤村路，犹忆那回曾到。
yú qíng miǎo miǎo mào lín shāng yǒng rú jīn qiāo qián dù liú láng
余情渺渺，茂林觞咏如今悄。前度刘郎
guī qù hòu xī shàng bì táo duō shǎo
归去后，溪上碧桃多少。

jiě lián huán gū yàn zhāngyán
解连环（孤雁） 张炎

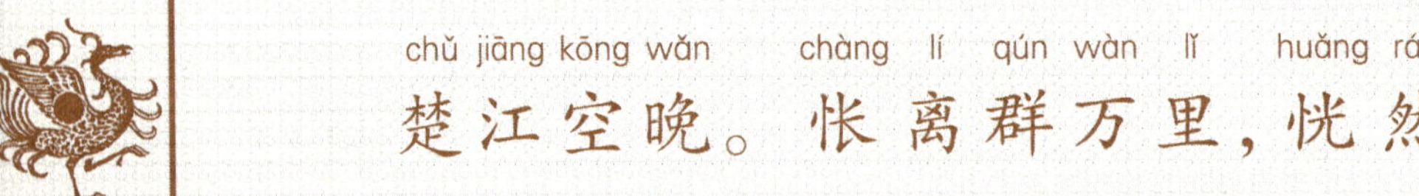

chǔ jiāng kōng wǎn chàng lí qún wàn lǐ huǎng rán jīng
楚江空晚。怅离群万里，恍然惊

sàn zì gù yǐng yù xià hán táng zhèng shā jìng cǎo kū shuǐ
散。自顾影、欲下寒塘，正沙净草枯，水
píng tiān yuǎn xiě bù chéng shū zhǐ jì dé xiāng sī yì diǎn
平天远。写不成书，只寄得、相思一点。
liào yīn xún wù liǎo cán zhān yōng xuě gù rén xīn yǎn
料因循误了，残毡拥雪，故人心眼。

shuí lián lǚ chóu rěn rǎn màn cháng mén yè qiāo jǐn zhēng tán
谁怜旅愁荏苒。谩长门夜悄，锦筝弹
yuàn xiǎng bàn lǚ yóu sù lú huā yě céng niàn chūn qián qù
怨。想伴侣、犹宿芦花，也曾念春前，去
chéng yīng zhuǎn mù yǔ xiāng hū pà mò dì yù guān chóng
程应转。暮雨相呼，怕蓦地、玉关重
jiàn wèi xiū tā shuāng yàn guī lái huà lián bàn juǎn
见。未羞他、双燕归来，画帘半卷。

zhè gū tiān
鹧鸪天
zhāng yán
张炎

lóu shàng shuí jiāng yù dí chuī shān qián shuǐ kuò míng yún
楼上谁将玉笛吹？山前水阔暝云
dī láo láo yàn zi rén qiān lǐ luò luò lí huā yǔ yì
低。劳劳燕子人千里，落落梨花雨一
zhī xiū xì jìn mài xíng shí gù xiāng wéi yǒu mèng
枝。　　修禊近，卖饧时。故乡惟有梦
xiāng suí yè lái zhé dé jiāng tóu liǔ bú shì sū dī yě zhòu
相随。夜来折得江头柳，不是苏堤也皱

méi
眉。

jiǔ zhāng jī 九张机 wú míng shì 无名氏

yì zhāng jī cǎi sāng mò shàng shì chūn yī fēng qíng rì
一张机，采桑陌上试春衣。风晴日
nuǎn yōng wú lì táo huā zhī shàng tí yīng yán yǔ bù kěn
暖慵无力。桃花枝上，啼莺言语，不肯
fàng rén guī
放人归。

liǎng zhāng jī xíng rén lì mǎ yì chí chí shēn xīn wèi
两张机，行人立马意迟迟。深心未
rěn qīng fēn fù huí tóu yí xiào huā jiān guī qù zhǐ kǒng bèi
忍轻分付，回头一笑，花间归去，只恐被
huā zhī
花知。

sān zhāng jī wú cán yǐ lǎo yàn chú fēi dōng fēng yàn
三张机，吴蚕已老燕雏飞。东风宴
bà cháng zhōu yuàn qīng xiāo cuī chèn guǎn wá gōng nǚ yào huàn wǔ
罢长洲苑，轻绡催趁，馆娃宫女，要换舞

shí yī
时衣。

sì zhāng jī yī yā shēng lǐ àn pín méi huí suō zhī
四张机，咿哑声里暗颦眉。回梭织
duǒ chuí lián zǐ pán huā yì wǎn chóu xīn nán zhěng mò mò luàn
朵垂莲子，盘花易绾，愁心难整，脉脉乱
rú sī
如丝。

wǔ zhāng jī héng wén zhī jiù shěn láng shī zhōng xīn yí
五张机，横纹织就沈郎诗。中心一
jù wú rén huì bù yán chóu hèn bù yán qiáo cuì zhǐ nèn jì
句无人会，不言愁恨，不言憔悴，只恁寄
xiāng sī
相思。

liù zhāng jī háng háng dōu shì shuǎ huā er huā jiān gèng
六张机，行行都是耍花儿。花间更
yǒu shuāng hú dié tíng suō yì shǎng xián chuāng yǐng lǐ dú zì
有双蝴蝶，停梭一晌，闲窗影里，独自
kàn duō shí
看多时。

qī zhāng jī yuān yāng zhī jiù yòu chí yí zhǐ kǒng bèi
七张机，鸳鸯织就又迟疑。只恐被
rén qīng cái jiǎn fēn fēi liǎng chù yì chǎng lí hèn hé jì zài
人轻裁剪，分飞两处，一场离恨，何计再
xiāng suí
相随。

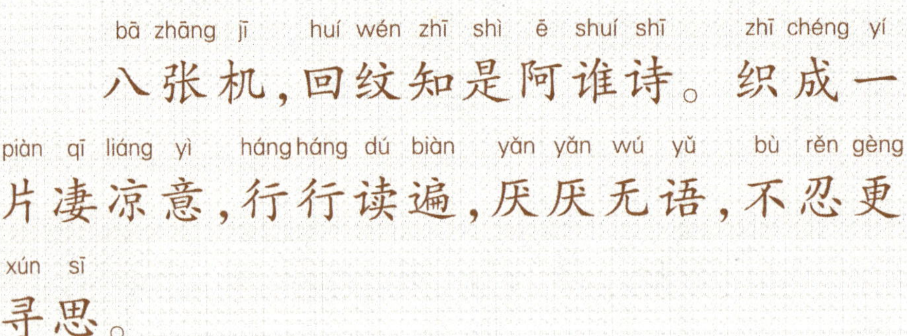

bā zhāng jī huí wén zhī shì ē shuí shī zhī chéng yí
八张机，回纹知是阿谁诗。织成一
piàn qī liáng yì háng háng dú biàn yǎn yǎn wú yǔ bù rěn gèng
片凄凉意，行行读遍，厌厌无语，不忍更
xún sī
寻思。

jiǔ zhāng jī shuāng huā shuāng yè yòu shuāng zhī bó
九张机，双花双叶又双枝。薄
qíng zì gǔ duō lí bié cóng tóu dào dǐ jiāng xīn yíng xì chuān
情自古多离别，从头到底，将心萦系，穿
guò yì tiáo sī
过一条丝。

jīn yuán míng qīng cí

金元明清词

diǎn jiàng chún　　yuán hào wèn

点绛唇　元好问

zuì lǐ chūn guī, lǜ chuāng yóu chàng liú chūn zhù。wèn

醉里春归，绿窗犹唱留春住。问

chūn hé chù, huā luò yīng wú yǔ。　miǎo miǎo yú huái,

春何处，花落莺无语。　渺渺予怀，

mò mò yān zhōng shù。xī lóu mù, yì lián shū yǔ, mèng lǐ

漠漠烟中树。西楼暮，一帘疏雨，梦里

xún chūn qù。

寻春去。

shuǐ diào gē tóu　fù sān mén jīn　yuán hào wèn

水调歌头（赋三门津）　元好问

huáng hé jiǔ tiān shàng, rén guǐ kàn chóng guān。cháng fēng

黄河九天上，人鬼瞰重关。长风

nù juǎn gāo làng, fēi sǎ rì guāng hán。jùn sì lǚ liáng qiān

怒卷高浪，飞洒日光寒。峻似吕梁千

rèn zhuàng sì qián táng bā yuè zhí xià xǐ chén huán wàn xiàng
仞，壮似钱塘八月，直下洗尘寰。万象
rù héng kuì yī jiù yì fēng xián yǎng wēi cháo shuāng
入横溃，依旧一峰闲。 仰危巢，双
hú guò yǎo nán pān rén jiān cǐ xiǎn hé yòng wàn gǔ mì
鹄过，杳难攀。人间此险何用，万古秘
shén jiān bú yòng rán xī xià zhào wèi bì cì fēi qiáng shè
神奸。不用燃犀下照，未必佽飞强射，
yǒu lì zhàng kuáng lán huàn qǔ qí jīng kè zhuā gǔ guò yín
有力障狂澜。唤取骑鲸客，挝鼓过银
shān
山。

mō yú ér
摸鱼儿

yuán hào wèn
元好问

wèn shì jiān qíng shì hé wù zhí jiào shēng sǐ xiāng xǔ
问世间、情是何物，直教生死相许？
tiān nán dì běi shuāng fēi kè lǎo chì jǐ huí hán shǔ huān
天南地北双飞客，老翅几回寒暑。欢
lè qù lí bié kǔ jiù zhōng gèng yǒu chī ér nǚ jūn yīng
乐趣，离别苦，就中更有痴儿女。君应
yǒu yǔ miǎo wàn lǐ céng yún qiān shān mù xuě zhī yǐng xiàng shuí
有语，渺万里层云，千山暮雪，只影向谁
qù héng fén lù jì mò dāng nián xiāo gǔ huāng yān
去？ 横汾路，寂寞当年箫鼓，荒烟

yī jiù píng chǔ zhāo hún chǔ xiē hé jiē jí shān guǐ àn tí
依旧平楚。招魂楚些何嗟及，山鬼暗啼

fēng yǔ tiān yě dù wèi xìn yǔ yīng er yàn zi jù huáng
风雨。天也妒，未信与，莺儿燕子俱黄

tǔ qiān qiū wàn gǔ wèi liú dài sāo rén kuáng gē tòng yǐn
土。千秋万古，为留待骚人，狂歌痛饮，

lái fǎng yàn qiū chù
来访雁邱处。

lín jiāng xiān
临江仙

yuán hào wèn
元好问

zì luò yáng wǎng mèng jīn dào zhōng zuò
自洛阳往孟津道中作。

jīn gǔ běi máng shān xià lù huáng chén lǎo jìn yīng xióng
今古北邙山下路，黄尘老尽英雄。

rén shēng cháng hèn shuǐ cháng dōng yōu huái shuí gòng yǔ yuǎn mù
人生长恨水长东。幽怀谁共语，远目

sòng guī hóng gài shì gōng míng jiāng dǐ yòng cóng qián cuò
送归鸿。盖世功名将底用，从前错

yuàn tiān gōng hào gē yì qǔ jiǔ qiān zhōng nán ér xíng chù
怨天公。浩歌一曲酒千钟。男儿行处

shì wèi yào lùn qióng tōng
是，未要论穷通。

鹧鸪天 魏初

室人降日，以此奉寄。

去岁今辰却到家，今年相望又天涯。一春心事闲无处，两鬓秋霜细有华。 山接水，水明霞，满林残照见归鸦。几时收拾田园了，儿女团圞夜煮茶？

念奴娇（登石头城） 萨都剌

石头城上，望天低吴楚，眼空无物。指点六朝形胜地，唯有青山如壁。蔽日旌旗，连云樯橹，白骨纷如雪。一

jiāng nán běi xiāo mó duō shǎo háo jié jì mò bì shǔ
江南北，消磨多少豪杰。寂寞避暑
lí gōng dōng fēng niǎn lù fāng cǎo nián nián fā luò rì wú
离宫，东风辇路，芳草年年发。落日无
rén sōng jìng lěng guǐ huǒ gāo dī míng miè gē wǔ zūn qián
人松径冷，鬼火高低明灭。歌舞尊前，
fán huá jìng lǐ àn huàn qīng qīng fà shāng xīn qiān gǔ qín
繁华镜里，暗换青青发。伤心千古，秦
huái yí piàn míng yuè
淮一片明月。

mù lán huā màn péngchénghuái gǔ sà dū là
木兰花慢（彭城怀古） 萨都剌

gǔ xú zhōu xíng shèng xiāo mó jìn jǐ yīng xióng xiǎng
古徐州形胜，消磨尽、几英雄？想
tiě jiǎ chóng tóng wū zhuī hàn xuè yù zhàng lián kōng chǔ gē
铁甲重瞳，乌骓汗血，玉帐连空。楚歌
bā qiān bīng sàn liào mèng hún yīng bú dào jiāng dōng kōng yǒu
八千兵散，料梦魂、应不到江东。空有
huáng hé rú dài luàn shān qǐ fú rú lóng hàn jiā líng
黄河如带，乱山起伏如龙。汉家陵
què dòng qiū fēng hé shǔ mǎn guān zhōng gèng xì mǎ tái huāng
阙动秋风，禾黍满关中。更戏马台荒，
huà méi rén yuǎn yàn zi lóu kōng rén shēng bǎi nián rú jì
画眉人远，燕子楼空。人生百年如寄，

qiě kāi huái yì yǐn jìn qiān zhōng huí shǒu huāng chéng xié rì
且开怀、一饮尽千钟。回首荒城斜日，
yǐ lán mù sòng fēi hóng
倚阑目送飞鸿。

mǎn jiāng hóng jīn líng huái gǔ sà dū là
满江红（金陵怀古） 萨都剌

liù dài háo huá chūn qù yě gèng wú xiāo xī kōng
六代豪华，春去也、更无消息。空
chàngwàng shān chuān xíng shèng yǐ fēi chóu xī wáng xiè táng qián
怅望、山川形胜，已非畴昔。王谢堂前
shuāng yàn zǐ wū yī xiàng kǒu céng xiāng shí tīng yè shēn jì
双燕子，乌衣巷口曾相识。听夜深、寂
mò dǎ gū chéng chūn cháo jí sī wǎng shì chóu rú
寞打孤城，春潮急。 思往事，愁如
zhī huái gù guó kōng chén jì dàn huāng yān shuāi cǎo luàn
织。怀故国，空陈迹。但荒烟衰草，乱
yā xié rì yù shù gē cán qiū lù lěng yān zhī jǐng huài
鸦斜日。《玉树》歌残秋露冷，胭脂井坏
hán jiāng qì dào rú jīn zhǐ yǒu jiǎng shān qīng qín huái bì
寒螀泣。到如今、只有蒋山青，秦淮碧。

xiǎo chóng shān　duān wǔ　shū jié
小重山（端午） 舒頔

bì ài xiāng pú chù chù máng　shuí jiā ér gòng nǚ　qìng
碧艾香蒲处处忙。谁家儿共女，庆
duān yáng　xì chán wǔ sè bì sī cháng　kōng chóu chàng　shuí
端阳？细缠五色臂丝长。空惆怅，谁
fù diào yuán xiāng　wǎng shì mò lùn liáng　qiān nián zhōng
复吊沅湘？　往事莫论量。千年忠
yì qì　rì xīng guāng　lí sāo　dú bà zǒng kān shāng
义气，日星光。《离骚》读罢总堪伤。
wú rén jiě　shù zhuǎn wǔ yīn liáng
无人解，树转午阴凉。

lín jiāng xiān　yáng shèn
临江仙 杨慎

gǔn gǔn cháng jiāng dōng shì shuǐ　làng huā táo jìn yīng xióng
滚滚长江东逝水，浪花淘尽英雄。
shì fēi chéng bài zhuǎn tóu kōng　qīng shān yī jiù zài　jǐ dù xī
是非成败转头空，青山依旧在，几度夕
yáng hóng　bái fà yú qiáo jiāng zhǔ shàng　guàn kàn qiū yuè
阳红。　白发渔樵江渚上，惯看秋月
chūn fēng　yì hú zhuó jiǔ xǐ xiāng féng　gǔ jīn duō shǎo shì
春风。一壶浊酒喜相逢，古今多少事，

dōu fù xiào tán zhōng
都付笑谈中。

dié liàn huā shuāi liǔ wáng fū zhī
蝶恋花（衰柳） 王夫之

wèi wèn xī fēng yīn dǐ yuàn bǎi zhuǎn qiān huí kǔ yào
为问西风因底怨？百转千回，苦要

qíng sī duàn yè yè piāo líng dōu bù guǎn huí táng zǎo sì tiān
情丝断。叶叶飘零都不管，回塘早似天

yá yuǎn zhèn zhèn hán yā fēi yǐng luàn zǒng chèn xié
涯远。 阵阵寒鸦飞影乱。总趁斜

yáng shuí kěn hái liú liàn mèng xiāng é huáng tuō jǐn zhàn chūn
阳，谁肯还留恋？梦襄鹅黄拖锦栈，春

guāng nán jiè hán chán huàn
光难借寒蝉唤。

bǔ suàn zǐ zǔ zhá guā bù chén wéi sōng
卜算子（阻闸瓜步） 陈维崧

fēng jí chǔ tiān qiū rì luò wú shān mù wū jiù hóng
风急楚天秋，日落吴山暮。乌桕红

lí shù shù shuāng chuán zài shuāng zhōng zhù jí mù luò
梨树树霜，船在霜中住。 极目落

fān tíng cè tīng cuī chuán gǔ wén dào cháng jiāng rì yè liú
帆亭，侧听催船鼓。闻道长江日夜流，

何不流侬去？

醉落魄（咏鹰） 陈维崧

寒山几堵，风低削碎中原路。秋空一碧无今古。醉袒貂裘，略记寻呼处。

男儿身手和谁赌？老来猛气还轩举。人间多少闲狐兔，月黑沙黄，此际偏思汝。

桂殿秋 朱彝尊

思往事，渡江干，青蛾低映越山看。

共眠一舸听秋雨，小簟轻衾各自寒。

mài huā shēng　yǔ huā tái　zhū yí zūn

卖花声（雨花台）　朱彝尊

shuāi liǔ bái mén wān　cháo dǎ chéng huán　xiǎo cháng gān jiē
衰柳白门湾，潮打城还，小长干接
dà cháng gān　gē bǎn jiǔ qí líng luò jìn　shèng yǒu yú gān
大长干。歌板酒旗零落尽，剩有鱼竿。
qiū cǎo liù cháo hán　huā yǔ kōng tán　gèng wú rén chù
秋草六朝寒，花雨空坛，更无人处
yì píng lán　yàn zi xié yáng lái yòu qù　rú cǐ jiāng shān
一凭栏。燕子斜阳来又去，如此江山！

huàn xī shā　qū dà jūn

浣溪沙　屈大均

yí piàn huā hán yí piàn chóu　chóu suí jiāng shuǐ bù dōng
一片花含一片愁，愁随江水不东
liú　fēi fēi cháng bàng jǐng yáng lóu　liù dài zhǐ yí
流。飞飞长傍景阳楼。　六代只遗
fāng cǎo zài　sān yuán kōng yǒu rǔ yīng liú　bái mén róng yì bái
芳草在，三园空有乳莺留。白门容易白
rén tóu
人头。

rú mèng lìng
如梦令
nà lán xìng dé
纳兰性德

wàn zhàng qióng lú rén zuì xīng yǐng yáo yáo yù zhuì guī
万帐穹庐人醉，星影摇摇欲坠。归
mèng gé láng hé yòu bèi hé shēng jiǎo suì hái shuì hái shuì
梦隔狼河，又被河声搅碎。还睡，还睡，
jiě dào xǐng lái wú wèi
解道醒来无味。

pú sà mán
菩萨蛮
nà lán xìng dé
纳兰性德

wèn jūn hé shì qīng lí bié yì nián néng jǐ tuán yuán
问君何事轻离别，一年能几团圆
yuè yáng liǔ zhà rú sī gù yuán chūn jìn shí chūn
月？杨柳乍如丝，故园春尽时。春
guī guī bù dé liǎng jiǎng sōng huā gé jiù mèng zhú hán cháo
归归不得，两桨松花隔。旧梦逐寒潮，
tí juān hèn wèi xiāo
啼鹃恨未消。

pú sà mán　nà lán xìng dé

菩萨蛮　纳兰性德

shuò fēng chuī sàn sān gēng xuě　qiàn hún yóu liàn táo huā yuè　mèng hǎo mò cuī xǐng　yóu tā hǎo chù xíng

朔风吹散三更雪，倩魂犹恋桃花月。梦好莫催醒，由他好处行。

wú duān tīng huà jiǎo　zhěn pàn hóng bīng bó　sài mǎ yì shēng sī　cán xīng fú dà qí

无端听画角，枕畔红冰薄。塞马一声嘶，残星拂大旗。

lín jiāng xiān　hán liǔ　nà lán xìng dé

临江仙（寒柳）　纳兰性德

fēi xù fēi huā hé chù shì　céng bīng jī xuě cuī cán　shū shū yí shù wǔ gēng hán　ài tā míng yuè hǎo　qiáo cuì yě xiāngguān

飞絮飞花何处是？层冰积雪摧残。疏疏一树五更寒，爱他明月好，憔悴也相关。

zuì shì fán sī yáo luò hòu　zhuǎn jiào rén yì chūnshān　jiān qún mèngduàn xù yīng nán　xī fēng duō shǎo hèn　chuī bú sàn méi wān

最是繁丝摇落后，转教人忆春山。湔裙梦断续应难。西风多少恨，吹不散眉弯。

huàn xī shā nà lán xìng dé
浣溪沙 纳兰性德

cán xuě níng huī lěng huà píng luò méi héng dí yǐ sān gēng gèng wú rén chù yuè lóng míng
残雪凝辉冷画屏，落梅横笛已三更，更无人处月胧明。

wǒ shì rén jiān chóu chàng kè zhī jūn hé shì lèi zòng héng duàn cháng shēng lǐ yì píng shēng
我是人间惆怅客，知君何事泪纵横，断肠声里忆平生。

huàn xī shā nà lán xìng dé
浣溪沙 纳兰性德

shuí niàn xī fēng dú zì liáng xiāo xiāo huáng yè bì shū chuāng chén sī wǎng shì lì cán yáng
谁念西风独自凉？萧萧黄叶闭疏窗。沉思往事立残阳。

bèi jiǔ mò jīng chūn shuì zhòng dǔ shū xiāo de pō chá xiāng dāng shí zhǐ dào shì xún cháng
被酒莫惊春睡重，赌书消得泼茶香。当时只道是寻常。

dié liàn huā　chū sài　nà lán xìng dé
蝶恋花（出塞）　纳兰性德

jīn gǔ hé shān wú dìng jù　huà jiǎo shēng zhōng　mù mǎ pín lái qù
今古河山无定据。画角声中，牧马频来去。

mǎn mù huāng liáng shuí kě yǔ　xī fēng chuī lǎo dān fēng shù
满目荒凉谁可语？西风吹老丹枫树。

cóng qián yōu yuàn yīng wú shù　tiě mǎ jīn gē，qīng zhǒng huáng hūn lù
从前幽怨应无数。铁马金戈，青冢黄昏路。

yì wǎng qíng shēn shēn jǐ xǔ　shēn shān xī zhào shēn qiū yǔ
一往情深深几许？深山夕照深秋雨。

mù lán huā lìng　nǐ gǔ jué jué cí　nà lán xìng dé
木兰花令（拟古决绝词）　纳兰性德

rén shēng ruò zhǐ rú chū jiàn，hé shì qiū fēng bēi huà shàn
人生若只如初见，何事秋风悲画扇？

děng xián biàn què gù rén xīn，què dào gù rén xīn yì biàn
等闲变却故人心，却道故人心易变。

lí shān yǔ bà qīng xiāo bàn，lèi yǔ líng zhōng bú yuàn
骊山语罢清宵半，泪雨霖铃终不怨。

hé rú bó xìng jǐn yī láng，bǐ yì lián zhī dāng rì
何如薄幸锦衣郎，比翼连枝当日

yuàn
愿。

chángxiāng sī 长相思

nà lán xìng dé 纳兰性德

shān yì chéng shuǐ yì chéng shēn xiàng yú guān nà pàn xíng yè shēn qiān zhàng dēng
山一程，水一程，身向榆关那畔行。夜深千帐灯。

fēng yì gēng xuě yì gēng guō suì xiāng xīn mèng bù chéng gù yuán wú cǐ shēng
风一更，雪一更，聒碎乡心梦不成。故园无此声。

xiāng jiàn huān 相见欢

zhāng huì yán 张惠言

nián nián fù què huā qī guò chūn shí zhǐ hé ān pái chóu xù sòng chūn guī
年年负却花期，过春时。只合安排愁绪送春归。

méi huā xuě lí huā yuè zǒng xiāng sī zì shì chūn lái bù jué qù piān zhī
梅花雪，梨花月，总相思。自是春来不觉去偏知。

水调歌头（shuǐ diào gē tóu）

张惠言（zhāng huì yán）

dōng fēng wú yí shì zhuāng chū wàn chóng huā xián lái
东风无一事，妆出万重花。闲来
yuè biàn huā yǐng zhuī yǒu yuè gōu xiá wǒ yǒu jiāng nán tiě
阅遍花影，椎有月钩斜。我有江南铁
dí yào yǐ yì zhī xiāng xuě chuī chè yù chéng xiá qīng yǐng
笛，要倚一枝香雪，吹彻玉城霞。清影
miǎo nán jí fēi xù mǎn tiān yá piāo rán qù wú
渺难即，飞絮满天涯。　飘然去，吾
yǔ rǔ fàn yún chá dōng huáng yí xiào xiāng yǔ fāng yì zài
与汝，泛云槎。东皇一笑相语：芳意在
shuí jiā nán dào chūn huā kāi luò yòu shì chūn fēng lái qù
谁家？难道春花开落，又是春风来去，
biàn liǎo què sháo huá huā wài chūn lái lù fāng cǎo bù céng
便了却韶华？花外春来路，芳草不曾
zhē
遮。

唐多令（táng duō lìng）

蒋春霖（jiǎng chūn lín）

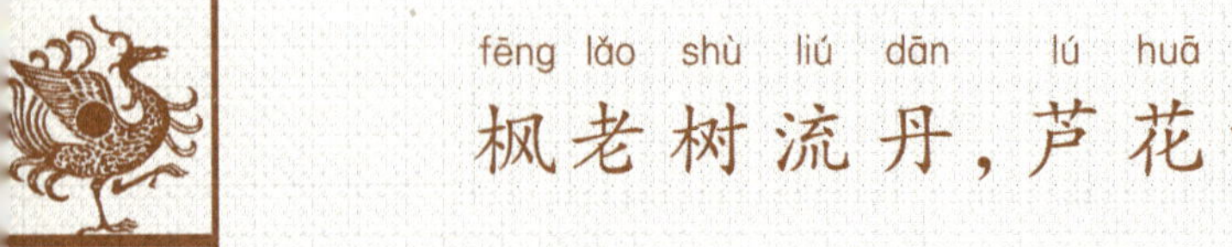

fēng lǎo shù liú dān lú huā chuī yòu cán xì piān
枫老树流丹，芦花吹又残。系扁

zhōu tóng yǐ zhū lán hái sì shào nián gē wǔ dì tīng luò
舟、同倚朱阑，还似少年歌舞地，听落
yè yì cháng ān āi jiǎo qǐ chóng guān shuāng shēn chǔ
叶，忆长安。　哀角起重关，霜深楚
shuǐ hán bēi xī fēng guī yàn shēng suān yí piàn shí tóu
水寒。悲西风、归雁声酸。一片石头
chéng shàng yuè hún pà zhào jiù jiāng shān
城上月，浑怕照、旧江山。

mù lán huā màn 木兰花慢（jiāng xíng wǎn guò běi gù shān 江行晚过北固山） jiǎng chūn lín 蒋春霖

bó qín huái yǔ jì yòu dēng huǒ sòng guī chuán zhèng
泊秦淮雨霁，又灯火，送归船。正
shù yōng yún hūn xīng chuí yě kuò míng sè fú tiān lú biān
树拥云昏，星垂野阔，暝色浮天。芦边，
yè cháo zhòu qǐ yùn bō xīn yuè yǐng dàng jiāng yuán mèng xǐng
夜潮骤起，晕波心、月影荡江圆。梦醒
shuí gē chǔ xiē lěng lěng shuāng jī āi xián chán
谁歌楚些？冷冷霜激哀弦。　婵
juān bù yǔ duì chóu mián wǎng shì hèn nán juān kàn mǎng mǎng
娟，不语对愁眠。往事恨难捐。看莽莽
nán xú cāng cāng běi gù rú cǐ shān chuān gōu lián gèng wú
南徐，苍苍北固，如此山川。钩连，更无
tiě suǒ rèn pái kōng qiáng lǔ zì huí xuán jì mò yú lóng
铁锁，任排空、樯橹自回旋。寂寞鱼龙

shuì wěn shāng xīn fù yǔ qiū yān
睡稳，伤心付与秋烟。

nán xiāng zǐ
南乡子
wángpéngyùn
王鹏运

xié yuè bàn lóng míng jiǎn yǔ qíng shí lèi wèi qíng juàn
斜月半胧明，拣雨晴时泪未晴。倦
yǐ xiāng gōu wēn bié yǔ chóu tīng yīng wǔ cuī rén shuō sì gēng
倚香篝温别语，愁听，鹦鹉催人说四更。
cǐ hèn pàn jīn shēng hóng dòu wú gēn zhòng bù chéng
此恨拚今生，红豆无根种不成。
shǔ biàn píng shān duō shǎo lù qīng qīng yí piàn yān wú shì qù
数遍屏山多少路，青青，一片烟芜是去
chéng
程。

yè jīn mén
谒金门
zhèngwénzhuó
郑文焯

xíng bù dé yuè dì shuāi yáng chóu zhé shuāng liè mǎ
行不得，黦地衰杨愁折。霜裂马
shēng hán tè tè yàn fēi guān yuè hēi mù duàn fú yún
声寒特特，雁飞关月黑。目断浮云
xī běi bù rěn sī jūn yán sè zuó rì zhǔ rén jīn rì
西北，不忍思君颜色。昨日主人今日

kè qīng shān fēi gù guó
客，青山非故国。

jiǎn zì huàn xī shā tīng gē yǒu gǎn kuàngzhōu yí
减字浣溪沙（听歌有感） 况周颐

xī qǐ cán hóng lèi mǎn yī tā shēng mò zuò yǒu qíng
惜起残红泪满衣。它生莫作有情
chī rén tiān wú dì zhuó xiāng sī huā ruò zài kāi
痴。人天无地著相思。 花若再开
fēi gù shù yún néng zàn zhù yì āi sī bù chéng xiāo qiǎn zhǐ
非故树，云能暂驻亦哀丝。不成消遣只
chéng bēi
成悲。

qǔ xuǎn

曲选

xiǎo lìng

小令

shuāng diào zhòu yǔ dǎ xīn hé yuánhàowèn

【双调】骤雨打新荷 元好问

lǜ yè yīn nóng biàn chí tíng shuǐ gé piān chèn liáng duō

绿叶阴浓，遍池亭水阁，偏趁凉多。

hǎi liú chū zhàn duǒ duǒ cù hóng luó rǔ yàn chú yīng nòng

海榴初绽，朵朵簇红罗。乳燕雏莺弄

yǔ yǒu gāo liǔ míng chán xiāng hè zhòu yǔ guò zhēn zhū luàn

语，有高柳鸣蝉相和。骤雨过，珍珠乱

sǎ dǎ biàn xīn hé rén shēng bǎi nián yǒu jǐ niàn

撒，打遍新荷。 人生百年有几，念

liáng chén měi jǐng xiū fàng xū guò qióng tōng qián dìng hé yòng

良辰美景，休放虚过。穷通前定，何用

kǔ zhāng luó mìng yǒu yāo bīn wán shǎng duì fāng zūn qiǎn zhuó dī

苦张罗。命友邀宾玩赏，对芳樽浅酌低

gē qiě mǐng dǐng rèn tā liǎng lún rì yuè lái wǎng rú suō

歌。且酩酊，任他两轮日月，来往如梭。

shuāng diào chén zuì dōng fēng guān hàn qīng

【双调】沉醉东风 关汉卿

zhǐ chǐ de tiān nán dì běi shà shí jiān yuè quē huā
尺的天南地北，霎时间月缺花

fēi shǒu zhí zhe jiàn xíng bēi yǎn gé zhe bié lí lèi gāng
飞。手执着饯行杯，眼阁着别离泪。刚

dào de shēng bǎo zhòng jiāng xī tòng shà shà jiào rén shě bù
道得声“保重将息”，痛煞煞教人舍不

dé hǎo qù zhě wàng qián chéng wàn lǐ
得。“好去者望前程万里！”

shuāng diào chén zuì dōng fēng guān hàn qīng

【双调】沉醉东风 关汉卿

bàn yè yuè yín zhēng fèng xián nuǎn dōng fēng xiù bèi cháng
伴夜月银筝凤闲，暖东风绣被常

qiān xìn chén le yú shū jué le yàn pàn diāo ān wàn shuǐ
悭。信沉了鱼，书绝了雁，盼雕鞍万水

qiān shān běn lì duì xiāng sī ruò bù huán zé gào yǔ nà néng
千山。本利对相思若不还，则告与那能

suǒ zhài chóu méi lèi yǎn
索债愁眉泪眼。

shuāng diào dà dé gē chūn guān hàn qīng

【双调】大德歌（春） 关汉卿

zǐ guī tí bù rú guī dào shì chūn guī rén wèi guī
子规啼，不如归，道是春归人未归。
jǐ rì tiān qiáo cuì xū piāo piāo liǔ xù fēi yì chūn yú yàn
几日添憔悴，虚飘飘柳絮飞。一春鱼雁
wú xiāo xī zé jiàn shuāng yàn dòu xián ní
无消息，则见双燕斗衔泥。

shuāng diào dà dé gē qiū guān hàn qīng

【双调】大德歌（秋） 关汉卿

fēng piāo piāo yǔ xiāo xiāo biàn zuò chén tuán shuì bù zháo
风飘飘，雨潇潇，便做陈抟睡不着。
ào nǎo shāng huái bào pū sù sù lèi diǎn pāo qiū chán er zào
懊恼伤怀抱，扑簌簌泪点抛。秋蝉儿噪
bà hán qióng er jiào xī líng líng xì yǔ dǎ bā jiāo
罢寒蛩儿叫，淅零零细雨打芭蕉。

nán lǚ sì kuài yù bié qíng guān hàn qīng
【南吕】四块玉（别情） 关汉卿

zì sòng bié xīn nán shě yì diǎn xiāng sī jǐ shí jué
自送别，心难舍，一点相思几时绝。
píng lán xiù fú yáng huā xuě xī yòu xié shān yòu zhē rén
凭阑袖拂扬花雪。溪又斜，山又遮，人
qù yě
去也。

nán lǚ sì kuài yù xián shì guān hàn qīng
【南吕】四块玉（闲适） 关汉卿

jiù jiǔ tóu xīn pēi pō lǎo wǎ pén biān xiào hē hē
旧酒投，新醅泼，老瓦盆边笑呵呵。
gòng shān sēng yě sǒu yín hè tā chū yí duì jī wǒ chū yí
共山僧野叟吟和。他出一对鸡，我出一
gè é xián kuài huó
个鹅，闲快活。

nán lǚ sì kuài yù xián shì guānhànqīng
【南吕】四块玉（闲适） 关汉卿

nán mǔ gēng dōng shān wò shì tài rén qíng jīng lì duō
南亩耕，东山卧，世态人情经历多。
xián jiāng wǎng shì sī liáng guò xián de shì tā yú de shì
闲将往事思量过。贤的是他，愚的是
wǒ zhēngshén me
我，争什么！

yuè diào tiān jìng shā qiū bái pǔ
【越调】天净沙（秋） 白朴

gū cūn luò rì cán xiá qīng yān lǎo shù hán yā yì
孤村落日残霞，轻烟老树寒鸦，一
diǎn fēi hóng yǐng xià qīng shān lǜ shuǐ bái cǎo hóng yè huáng
点飞鸿影下。青山绿水，白草红叶黄
huā
花。

shuāng diào qìng dōng yuán bái pǔ

【双调】庆东原 白朴

wàng yōu cǎo hán xiào huā quàn jūn wén zǎo guān yí guà
忘忧草，含笑花，劝君闻早冠宜挂。
nǎ lǐ yě néng yán lù jiǎ nǎ lǐ yě liáng móu zǐ yá
那里也能言陆贾？那里也良谋子牙？
nǎ lǐ yě háo qì zhāng huá qiān gǔ shì fēi xīn yì xī yú
那里也豪气张华？千古是非心，一夕渔
qiáo huà
樵话。

shuāng diào chén zuì dōng fēng yú fū bái pǔ

【双调】沉醉东风（渔夫） 白朴

huáng lú àn bái pín dù kǒu lǜ yáng dī hóng liǎo tān
黄芦岸白蘋渡口，绿杨堤红蓼滩
tóu suī wú wěn jǐng jiāo què yǒu wàng jī yǒu diǎn qiū jiāng
头。虽无刎颈交，却有忘机友。点秋江
bái lù shā ōu ào shā rén jiān wàn hù hóu bù shí zì yān
白鹭沙鸥。傲杀人间万户侯，不识字烟
bō diào sǒu
波钓叟。

yuè diào píng hú lè wángyùn

【越调】平湖乐 王恽

cǎi líng rén yǔ gé qiū yān bō jìng rú héng liàn rù
采菱人语隔秋烟，波静如横练。入
shǒu fēng guāng mò liú zhuǎn gòng liú lián huà chuán yí xiào chūn
手风光莫流转，共留连。画船一笑春
fēng miàn jiāng shān xìn měi zhōng fēi wú tǔ wèn hé rì shì
风面。江山信美，终非吾土，问何日是
guī nián
归年。

shuāng diào chén zuì dōng fēng qiū jǐng lú zhì

【双调】沉醉东风（秋景） 卢挚

guà jué bì sōng kū dào yǐ luò cán xiá gū wù qí
挂绝壁松枯倒倚，落残霞孤鹜齐
fēi sì wéi bú jìn shān yí wàng wú qióng shuǐ sàn xī fēng
飞。四围不尽山，一望无穷水。散西风
mǎn tiān qiū yì yè jìng yún fān yuè yǐng dī zài wǒ zài xiāo
满天秋意。夜静云帆月影低，载我在潇
xiāng huà lǐ
湘画里。

shuāng diào chángōng qǔ
【双调】蟾宫曲
lú zhì
卢挚

shā sān bàn gē lái chā liǎng tuǐ qīng ní zhǐ wèi lāo
沙三伴哥来嗏！两腿青泥，只为捞
xiā tài gōng zhuāng shàng yáng liǔ yīn zhōng kē pò xī guā
虾。太公庄上，杨柳阴中，磕破西瓜。
xiǎo èr gē xī xián là tǎ lù zhóu shàng yān zhe gè pí pá
小二哥昔涎剌塔，碌轴上渰着个琵琶。
kàn qiáo mài kāi huā lǜ dòu shēng yá wú shì wú fēi kuài
看荞麦开花，绿豆生芽。无是无非，快
huo shà zhuāng jiā
活煞庄家。

shuāng diào shòu yáng qǔ
【双调】寿阳曲
shān shì qíng lán
（山市晴岚）
mǎ zhì yuǎn
马致远

huā cūn wài cǎo diàn xī wǎn xiá míng yǔ shōu tiān jì
花村外，草店西，晚霞明雨收天霁。
sì zhōu shān yì gān cán zhào lǐ jǐn píng fēng yòu tiān pū cuì
四周山一竿残照里，锦屏风又添铺翠。

shuāng diào chánggōng qǔ tàn shì mǎ zhì yuǎn

【双调】蟾宫曲（叹世） 马致远

xián yáng bǎi èr shān hé liǎng zì gōng míng jǐ zhèn gān
咸阳百二山河，两字功名，几阵干
gē xiàng fèi dōng wú liú xīng xī shǔ mèng shuō nán kē
戈。项废东吴，刘兴西蜀，梦说南柯。
hán xìn gōng wù de bān zhèng guǒ kuǎi tōng yán nǎ lǐ shì fēng
韩信功兀的般证果，蒯通言那里是风
mó chéng yě xiāo hé bài yě xiāo hé zuì le yóu tā
魔？成也萧何，败也萧何，醉了由他！

shuāng diào bō bú duàn mǎ zhì yuǎn

【双调】拨不断 马致远

bù yī zhōng wèn yīng xióng wáng tú bà yè chéng hé
布衣中，问英雄，王图霸业成何
yòng hé shǔ gāo dī liù dài gōng qiū wú yuǎn jìn qiān guān
用！禾黍高低六代宫，楸梧远近千官
zhǒng yì cháng è mèng
冢，一场恶梦。

yuè diào tiān jìng shā qiū sī mǎ zhì yuǎn

【越调】天净沙(秋思) 马致远

kū téng lǎo shù hūn yā xiǎo qiáo liú shuǐ rén jiā gǔ
枯藤老树昏鸦，小桥流水人家，古
dào xī fēng shòu mǎ xī yáng xī xià duàn cháng rén zài tiān
道西风瘦马。夕阳西下，断肠人在天
yá
涯。

zhōng lǚ shí èr yuè guò yáo mín gē bié qíng wáng shí fǔ

【中吕】十二月过尧民歌(别情) 王实甫

zì bié hòu yáo shān yǐn yǐn gèng nǎ kān yuǎn shuǐ lín
自别后遥山隐隐，更那堪远水粼
lín jiàn yáng liǔ fēi mián gǔn gǔn duì táo huā zuì liǎn xūn
粼。见杨柳飞绵滚滚，对桃花醉脸醺
xūn tòu nèi gé xiāng fēng zhèn zhèn yǎn chóng mén mù yǔ fēn
醺。透内阁香风阵阵，掩重门暮雨纷
fēn pà huáng hūn hū dì yòu huáng hūn bù xiāo hún
纷。怕黄昏忽地又黄昏，不销魂
zěn dì bù xiāo hún xīn tí hén yà jiù tí hén duàn cháng rén
怎地不销魂？新啼痕压旧啼痕，断肠人

yì duàn cháng rén jīn chūn xiāng jī shòu jǐ fēn lǚ dài kuān
忆断肠人！今春，香肌瘦几分，缕带宽
sān cùn
三寸。

zhōng lǚ cháo tiān zǐ
【中吕】朝天子

xuē áng fū
薛昂夫

pèi gōng dà fēng yě dé wén zhāng yòng què jiào měng
沛公，大风，也得文章用。却教猛
shì tàn liáng gōng duō le yóu yún mèng jià yù yīng xióng néng
士叹良弓，多了游云梦。驾驭英雄，能
qín néng zòng wú rén chū gòu zhōng hòu gōng wài zōng xiǎn bǎ
擒能纵，无人出彀中。后宫，外宗，险把
yán liú bìng
炎刘并。

zhōng lǚ shān pō yáng
【中吕】山坡羊

xuē áng fū
薛昂夫

dà jiāng dōng qù cháng ān xī qù wèi gōng míng zǒu biàn
大江东去，长安西去，为功名走遍
tiān yá lù yàn zhōu chē xǐ qín shū zǎo xīng xīng bìn yǐng
天涯路。厌舟车，喜琴书，早星星鬓影
guā tián mù xīn dài zú shí míng biàn zú gāo gāo chù
瓜田暮。心待足时名便足。高，高处

kǔ dī dī chù kǔ
苦；低，低处苦。

zhènggōng sài hóng qiū xuēáng fū

【正宫】塞鸿秋 薛昂夫

gōng míng wàn lǐ máng rú yàn sī wén yí mài wēi rú
功名万里忙如燕，斯文一脉微如
xiàn guāng yīn cùn xì liú rú diàn fēng shuāng liǎng bìn bái rú
线。光阴寸隙流如电，风霜两鬓白如
liàn jìn dào biàn xiū guān lín xià hé céng jiàn zhì jīn jì
练。尽道便休官，林下何曾见？至今寂
mò péng zé xiàn
寞彭泽县。

zhōng lǚ shān pō yáng yàn zi zhàoshànqìng

【中吕】山坡羊（燕子） 赵善庆

lái shí chūn shè qù shí qiū shè nián nián lái qù bān
来时春社，去时秋社，年年来去搬
hán rè yǔ nán nán máng jié jié chūn fēng táng shàng xún wáng
寒热。语喃喃，忙劫劫，春风堂上寻王
xiè xiàng mò wū yī xī zhào xié xīng duō jiàn xiē wáng
谢，巷陌乌衣夕照斜。兴，多见些；亡，
dōu jìn shuō
都尽说。

zhōng lǚ shān pō yáng tóngguānhuái gǔ zhāngyǎnghào

【中吕】山坡羊（潼关怀古） 张养浩

fēng luán rú jù bō tāo rú nù shān hé biǎo lǐ tóng
峰峦如聚，波涛如怒，山河表里潼
guān lù wàng xī dū yì chóu chú shāng xīn qín hàn jīng xíng
关路。望西都，意踌躇。伤心秦汉经行
chù gōng què wàn jiān dōu zuò le tǔ xīng bǎi xìng kǔ
处，宫阙万间都做了土。兴，百姓苦；
wáng bǎi xìng kǔ
亡，百姓苦。

zhōng lǚ shān pō yáng lí shānhuái gǔ zhāngyǎnghào

【中吕】山坡羊（骊山怀古） 张养浩

lí shān sì gù ē páng yí jù dāng shí shē chǐ jīn
骊山四顾，阿房一炬，当时奢侈今
hé chù zhǐ jiàn cǎo xiāo shū shuǐ yíng yū zhì jīn yí hèn
何处？只见草萧疏，水萦纡。至今遗恨
mí yān shù liè guó zhōu qí qín hàn chǔ yíng dōu biàn zuò
迷烟树，列国周齐秦汉楚。赢，都变做
le tǔ shū dōu biàn zuò le tǔ
了土；输，都变做了土。

huángzhōng rén yuè yuán shānzhōngshū shì zhāng kě jiǔ

【黄钟】人月圆（山中书事） 张可久

xīng wáng qiān gǔ fán huá mèng shī yǎn juàn tiān yá kǒng
兴亡千古繁华梦，诗眼倦天涯。孔
lín qiáo mù wú gōng màn cǎo chǔ miào hán yā shù jiān máo
林乔木，吴宫蔓草，楚庙寒鸦。数间茅
shè cáng shū wàn juàn tóu lǎo cūn jiā shān zhōng hé shì
舍，藏书万卷，投老村家。山中何事？
sōng huā niàng jiǔ chūn shuǐ jiān chá
松花酿酒，春水煎茶。

huángzhōng rén yuè yuán chūnwǎn cì yùn zhāng kě jiǔ

【黄钟】人月圆（春晚次韵） 张可久

qī qī fāng cǎo chūn yún luàn chóu zài xī yáng zhōng duǎn
萋萋芳草春云乱，愁在夕阳中。短
tíng bié jiǔ píng hú huà fǎng chuí liǔ jiāo cōng yì shēng tí
亭别酒，平湖画舫，垂柳骄骢。一声啼
niǎo yì fān yè yǔ yí zhèn dōng fēng táo huā chuī jìn jiā
鸟，一番夜雨，一阵东风。桃花吹尽，佳
rén hé zài mén yǎn cán hóng
人何在，门掩残红。

zhōng lǚ xǐ chūn lái jīn huá kè shè zhāng kě jiǔ

【中吕】喜春来(金华客舍) 张可久

luò hóng xiǎo yǔ cāng tái jìng fēi xù dōng fēng xì liǔ yíng kě lián kè lǐ guò qīng míng bú dài tīng zuó yè dù juān shēng

落红小雨苍苔径,飞絮东风细柳营,可怜客里过清明。不待听,昨夜杜鹃声。

yuè diào xiǎo táo hóng jì jiàn hú zhū yǒu zhāng kě jiǔ

【越调】小桃红(寄鉴湖诸友) 张可久

yì chéng qiū yǔ dòu huā liáng xián yǐ píng shān wàng bú sì nián shí jiàn hú shàng jǐn yún xiāng cǎi lián rén yǔ hé huā dàng xī fēng yàn háng qīng xī yú chàng chuī hèn rù cāng láng

一城秋雨豆花凉,闲倚平山望。不似年时鉴湖上,锦云香,采莲人语荷花荡。西风雁行,清溪渔唱,吹恨入沧浪。

shuāng diào qìng dōng yuán cì mǎ zhì yuǎn xiān bèi yùn zhāng kě jiǔ

【双调】庆东原（次马致远先辈韵） 张可久

shī qíng fàng jiàn qì háo yīng xióng bù bǎ qióng tōng jiào

诗情放，剑气豪，英雄不把穷通较。

jiāng zhōng zhǎn jiāo yún jiān shè diāo xí shàng huī háo tā dé

江中斩蛟，云间射雕，席上挥毫。他得

zhì xiào xián rén tā shī jiǎo xián rén xiào

志笑闲人，他失脚闲人笑。

yuè diào píng lán rén jiāng yè zhāng kě jiǔ

【越调】凭阑人（江夜） 张可久

jiāng shuǐ chéng chéng jiāng yuè míng jiāng shàng hé rén chōu yù

江水澄澄江月明，江上何人搊玉

zhēng gé jiāng hé lèi tīng mǎn jiāng cháng tàn shēng

筝？隔江和泪听，满江长叹声。

zhōng lǚ mài huā shēng huái gǔ zhāng kě jiǔ

【中吕】卖花声（怀古） 张可久

ē páng wǔ diàn fān luó xiù jīn gǔ míng yuán qǐ yù

阿房舞殿翻罗袖，金谷名园起玉

lóu suí dī gǔ liǔ lǎn lóng zhōu bù kān huí shǒu dōng fēng
楼，隋堤古柳缆龙舟。不堪回首，东风
hái yòu yě huā kāi mù chūn shí hòu
还又，野花开暮春时候。

zhōng lǚ mài huā shēng huái gǔ zhāng kě jiǔ
【中吕】卖花声（怀古） 张可久

měi rén zì wěn wū jiāng àn zhàn huǒ céng shāo chì bì
美人自刎乌江岸，战火曾烧赤壁
shān jiāng jūn kōng lǎo yù mén guān shāng xīn qín hàn shēng mín
山，将军空老玉门关。伤心秦汉，生民
tú tàn dú shū rén yì shēngcháng tàn
涂炭，读书人一声长叹！

zhènggōng sài hóng qiū xúnyáng jí jǐng zhōu dé qīng
【正宫】塞鸿秋（浔阳即景） 周德清

cháng jiāng wàn lǐ bái rú liàn huái shān shù diǎn qīng rú
长江万里白如练，淮山数点青如
diàn jiāng fān jǐ piàn jí rú jiàn shān quán qiān chǐ fēi rú
淀。江帆几片疾如箭，山泉千尺飞如
diàn wǎn yún dōu biàn lù xīn yuè chū xué shàn sài hóng yí
电。晚云都变露，新月初学扇。塞鸿一
zì lái rú xiàn
字来如线。

zhōng lǚ mǎn tíng fāng kàn yuè wáng zhuàn zhōu dé qīng
【中吕】满庭芳(看岳王传) 周德清

pī wén wò wǔ jiàn zhōng xīng miào yǔ zài qīng shǐ tú shū gōng chéng què bèi quán chén dù zhèng luò jiān móu shǎn shā rén wàng jīng jié zhōng yuán shì fū wù shā rén qì qiū líng nán dù luán yú qián táng lù chóu fēng yuàn yǔ cháng shì sǎ xī hú

披文握武，建中兴庙宇，载青史图书。功成却被权臣妒，正落奸谋。闪杀人望旌节中原士夫，误杀人弃丘陵南渡銮舆。钱塘路，愁风怨雨，长是洒西湖。

yuè diào xiǎo táo hóng jiāng àn shuǐ dēng hé zhì xué
【越调】小桃红(江岸水灯) 盍志学

wàn jiā dēng huǒ nào chūn qiáo shí lǐ guāng xiāng zhào wǔ fèng xiáng luán shì jué miào kě lián xiāo bō jiān yǒng chū péng lái dǎo xiāng yān luàn piāo shēng gē xuān nào fēi shàng yù lóu yāo

万家灯火闹春桥，十里光相照，舞凤翔鸾势绝妙。可怜宵，波间涌出蓬莱岛。香烟乱飘，笙歌喧闹，飞上玉楼腰。

shuāng diào shuǐ xiān zǐ xún méi qiáo jí

【双调】水仙子（寻梅） 乔吉

dōng qián dōng hòu jǐ cūn zhuāng xī běi xī nán liǎng lǚ
冬前冬后几村庄，溪北溪南两履
shuāng shù tóu shù dǐ gū shān shàng lěng fēng lái hé chù
霜，树头树底孤山上。冷风来，何处
xiāng hū xiāng féng gǎo mèi xiāo cháng jiǔ xǐng hán jīng mèng
香？忽相逢，缟袂绡裳。酒醒寒惊梦，
dí qī chūn duàn cháng dàn yuè hūn huáng
笛凄春断肠，淡月昏黄。

shuāng diào mài huā shēng wù shì qiáo jí

【双调】卖花声（悟世） 乔吉

gān cháng bǎi liàn lú jiān tiě fù guì sān gēng zhěn shàng
肝肠百炼炉间铁，富贵三更枕上
dié gōng míng liǎng zì jiǔ zhōng shé jiān fēng bó xuě cán bēi
蝶，功名两字酒中蛇。尖风薄雪，残杯
lěng zhì yǎn qīng dēng zhú lí máo shè
冷炙，掩清灯竹篱茅舍。

zhōng lǚ shān pō yáng jì xīng qiáo jí

【中吕】山坡羊（寄兴） 乔吉

péng bó jiǔ wàn yāo chán shí wàn yáng zhōu hè bèi qí
鹏搏九万，腰缠十万，扬州鹤背骑
lái guàn shì jiān guān jǐng lán shān huáng jīn bú fù yīng xióng
来惯。事间关，景阑珊，黄金不富英雄
hàn yí piàn shì qíng tiān dì jiān bái yě shì yǎn qīng
汉。一片世情天地间。白，也是眼；青，
yě shì yǎn
也是眼。

zhōng lǚ shān pō yáng dōng rì xiě huái qiáo jí

【中吕】山坡羊（冬日写怀） 乔吉

zhāo sān mù sì zuó fēi jīn shì chī ér bù jiě róng
朝三暮四，昨非今是，痴儿不解荣
kū shì cuán jiā sī chǒng huā zhī huáng jīn zhuàng qǐ huāng
枯事。攒家私，宠花枝，黄金壮起荒
yín zhì qiān bǎi dìng mǎi zhāng zhāo zhuàng zhǐ shēn yǐ zhì
淫志。千百锭买张招状纸。身，已至
cǐ xīn yóu wèi sǐ
此；心，犹未死。

zhōng lǚ shān pō yáng dōng rì xiě huái qiáo jí
【中吕】山坡羊（冬日写怀） 乔吉

dōng hán qián hòu xuě qíng shí hòu shuí rén xiāng bàn méi huā shòu diào áo zhōu lǎn tīng zhōu lǜ suō bú nài fēng shuāng tòu tóu zhì yǒu yú lái shàng gōu fēng chuī pò tóu shuāng cūn pò shǒu

冬寒前后，雪晴时候，谁人相伴梅花瘦？钓鳌舟，缆汀洲，绿蓑不耐风霜透，投至有鱼来上钩。风，吹破头；霜，皴破手。

yuè diào píng lán rén jīn líng dào zhōng qiáo jí
【越调】凭阑人（金陵道中） 乔吉

shòu mǎ tuó shī tiān yì yá juàn niǎo hū chóu cūn shù jiā pū tóu fēi liǔ huā yǔ rén tiān bìn huá

瘦马驮诗天一涯，倦鸟呼愁村数家。扑头飞柳花，与人添鬓华。

shuāng diào diàn qián huān guànyún shí

【双调】殿前欢 贯云石

chàng yōu zāi chūn fēng wú chù bù lóu tái yì shí huái bào jù wú nài zǒng duì tiān kāi jiù yuān míng guī qù lái pà hè yuàn shān qín guài wèn shén gōng míng zài suān zhāi shì wǒ wǒ shì suān zhāi

畅幽哉，春风无处不楼台。一时怀抱俱无奈，总对天开。就渊明归去来，怕鹤怨山禽怪，问甚功名在。酸斋是我，我是酸斋。

zhōng lǚ cháo tiān zǐ xī hú xú zài sī

【中吕】朝天子（西湖） 徐再思

lǐ hú wài hú wú chù shì wú chūn chù zhēn shān zhēn shuǐ zhēn huà tú yí piàn líng lóng yù yí jiǔ yí shī yí qíng yí yǔ xiāo jīn guō jǐn xiù kū lǎo sū lǎo bū yáng liǔ dī méi huā mù

里湖，外湖，无处是无春处。真山真水真画图，一片玲珑玉。宜酒宜诗，宜晴宜雨。销金锅、锦绣窟。老苏，老逋，杨柳堤梅花墓。

huángzhōng rén yuè yuán gān lù huái gǔ xú zài sī

【黄钟】人月圆（甘露怀古） 徐再思

jiāng gāo lóu guàn qián cháo sì qiū sè rù qín huái bài
江皋楼观前朝寺，秋色入秦淮。败
yuán fāng cǎo kōng láng luò yè shēn qì cāng tái yuǎn rén nán
垣芳草，空廊落叶，深砌苍苔。远人南
qù xī yáng xī xià jiāng shuǐ dōng lái mù lán huā zài shān
去，夕阳西下，江水东来。木兰花在，山
sēng shì wèn zhī wèi shuí kāi
僧试问，知为谁开？

shuāng diào chán gōng qǔ huái gǔ zhā dé qīng

【双调】蟾宫曲（怀古） 查德卿

wèn cóng lái shuí shì yīng xióng yí gè nóng fū yí gè
问从来谁是英雄？一个农夫，一个
yú wēng huì jì nán yáng qī shēn dōng hǎi yì jǔ chénggōng
渔翁。晦迹南阳，栖身东海，一举成功。
bā zhèn tú míngchéng wò lóng liù tāo shū gōng zài fēi xióng
八阵图名成卧龙，《六韬》书功在非熊。
bà yè chéng kōng yí hèn wú qióng shǔ dào hán yún wèi shuǐ
霸业成空，遗恨无穷。蜀道寒云，渭水
qiū fēng
秋风。

shuāng diào cháng gōng qǔ céng lóu yǒu gǎn zhā dé qīng
【双调】蟾宫曲（层楼有感） 查德卿

yǐ xī fēng bǎi chǐ céng lóu yí dào qín huái jiǔ diǎn
倚西风百尺层楼，一道秦淮，九点
qí zhōu sài yàn nán lái xī yáng xī xià jiāng shuǐ dōng liú
齐州。塞雁南来，夕阳西下，江水东流。
chóu jí chù xiāo chú shì jiǔ jiǔ xǐng shí yī jiù duō chóu shān
愁极处消除是酒，酒醒时依旧多愁。山
yuè zāo qiū hú hǎi bēi ōu zuì le fāng xiū xǐng hòu cóng
岳糟丘，湖海杯瓯。醉了方休，醒后从
tóu
头。

yuè diào liǔ yíng qǔ jīn líng gù zhǐ zhā dé qīng
【越调】柳营曲（金陵故址） 查德卿

lín gù guó rèn cán bēi shāng xīn liù cháo rú shì
临故国，认残碑。伤心六朝如逝
shuǐ wù huàn xīng yí chéng shì rén fēi jīn gǔ yì píng qí
水。物换星移，城是人非，今古一枰棋。
nán kē mèng yí jiào chū huí běi máng fén sān chǐ huāng duī
南柯梦一觉初回，北邙坟三尺荒堆。
sì wéi shān hù rào jǐ chù shù gāo dī shuí céng fù shǔ
四围山护绕，几处树高低。谁，曾赋黍

lí lí
离离？

huángzhōng rén yuè yuán ní zàn
【黄钟】人月圆 倪瓒

shāng xīn mò wèn qián cháo shì chóng shàng yuè wáng tái
伤心莫问前朝事，重上越王台。
zhè gū tí chù dōng fēng cǎo lǜ cán zhào huā kāi chàng rán
鹧鸪啼处，东风草绿，残照花开。怅然
gū xiào qīng shān gù guó qiáo mù cāng tái dāng shí míng yuè
孤啸，青山故国，乔木苍苔。当时明月，
yī yī sù yǐng hé chù fēi lái
依依素影，何处飞来？

shuāng diào zhé guì lìng nǐ zhāng míng shàn ní zàn
【双调】折桂令（拟张鸣善） 倪瓒

cǎo máng máng qín hàn líng què shì dài xīng wáng què biàn
草茫茫秦汉陵阙，世代兴亡，却便
sì yuè yǐng yuán quē shān rén jiā duī àn tú shū dāng chuāng
似月影圆缺。山人家堆案图书，当窗
sōng guì mǎn dì wēi jué hóu mén shēn hé xū cì yè bái
松桂，满地薇蕨。侯门深何须刺谒，白
yún jiān zì kě yí yuè dào rú jīn shì shì nán shuō tiān dì
云间自可怡悦。到如今世事难说，天地

jiān bú jiàn yí gè yīng xióng bú jiàn yí gè háo jié
间不见一个英雄，不见一个豪杰。

【越调】小桃红 倪瓒

yuè diào xiǎo táo hóng ní zàn

yì jiāng qiū shuǐ dàn hán yān shuǐ yǐng míng rú liàn yán
一江秋水澹寒烟，水影明如练。眼
dǐ lí chóu shù háng yàn xuě qíng tiān lǜ píng hóng liǎo cēn
底离愁数行雁。雪晴天。绿苹红蓼参
cī xiàn wú gē dàng jiǎng yì shēng āi yuàn jīng qǐ bái ōu
差见。吴歌荡桨，一声哀怨，惊起白鸥
mián
眠。

【南吕】一枝花（春日送别） 刘庭信

nán lǚ yì zhī huā chūn rì sòng bié liú tíng xìn

sī sī yáng liǔ fēng diǎn diǎn lí huā yǔ yǔ suí huā
丝丝杨柳风，点点梨花雨。雨随花
bàn luò fēng chèn liǔ tiáo shū chūn shì chéng xū wú nài chūn
瓣落，风趁柳条疏。春事成虚，无奈春
guī qù chūn guī hé tài sù shì wèn dōng jūn shuí kěn yǔ
归去。春归何太速？试问东君：谁肯与
yīng huā zuò zhǔ
莺花做主？

shuāng diào zhé guì lìng yì bié liú tíng xìn

【双调】折桂令(忆别) 刘庭信

xiǎng rén shēng zuì kǔ lí bié，sān gè zì xì xì fēn
想人生最苦离别，三个字细细分
kāi，qī qī liáng liáng wú liǎo wú xiē。bié zì er bàn shǎng chī
开，凄凄凉凉无了无歇。别字儿半晌痴
dāi，lí zì er yì shí chāi sàn，kǔ zì er liǎng xià lǐ duī
呆，离字儿一时拆散，苦字儿两下里堆
dié。tā nà lǐ ān er mǎ er shēn zǐ er liè qiè，wǒ zhè
叠。他那里鞍儿马儿身子儿劣怯，我这
lǐ méi er yǎn er liǎn nǎo er miē xié。cè zhe tóu jiào yì
里眉儿眼儿脸脑儿乜斜。侧着头叫一
shēng“xíng zhe”，gé zhe lèi shuō yí jù“tīng zhe”，dé guān
声“行者”，搁着泪说一句“听者”，得官
shí xiān bào qī chéng，diū diū mǒ mǒ yuǎn yuǎn de yíng jiē。
时先报期程，丢丢抹抹远远的迎接。

zhōng lǚ xǐ chūn lái wú míng shì

【中吕】喜春来 无名氏

jiāng shān bù lǎo tiān rú zuì，táo lǐ wú yán chūn yòu
江山不老天如醉，桃李无言春又
guī，rén shēng qī shí gǔ lái xī。tú shèn de，zūn yǒu jiǔ
归，人生七十古来稀。图甚的，尊有酒

qiě shū méi

且舒眉。

shuāng diào zhé guì lìng

【双调】折桂令

wú míng shì

无名氏

tàn shì jiān duō shǎo chī rén duō shì máng rén shǎo shì

叹世间多少痴人，多是忙人，少是

xián rén jiǔ sè mí rén cái qì hūn rén chán dìng huó rén

闲人。酒色迷人，财气昏人，缠定活人。

bó er gǔ er zhōng rì sòng rén chē er mǎ er cháng shí yíng

钹儿鼓儿终日送人，车儿马儿常时迎

rén jīng xì de mán rén běn fèn de ráo rén bù shí shí

人。精细的瞒人，本分的饶人。不识时

rén wǎng zhǐ wéi rén

人，枉只为人。

zhènggōng dāo dāo lìng

【正宫】叨叨令

wú míng shì

无名氏

xī biān xiǎo jìng zhōu héng dù mén qián liú shuǐ qīng rú

溪边小径舟横渡，门前流水清如

yù qīng shān gé duàn hóng chén lù bái yún mǎn dì wú xún

玉。青山隔断红尘路，白云满地无寻

chù shuō yǔ nǐ xún bù dé yě me gē xún bù dé yě

处。说与你寻不得也么哥！寻不得也

me gē　què yuán lái nóng jiā yīng wǔ zhōu biān zhù
么哥，却原来侬家鹦鹉洲边住。

zhènggōng　zuì tài píng　jī tān xiǎo lì zhě　wú míng shì
【正宫】醉太平（讥贪小利者）　无名氏

duó ní yàn kǒu　xiāo tiě zhēn tóu　guā jīn fó miàn xì
夺泥燕口，削铁针头，刮金佛面细
sōu qiú　wú zhōng mì yǒu　ān chún sù lǐ xún wān dòu　lù
搜求：无中觅有。鹌鹑嗉里寻豌豆，鹭
sī tuǐ shàng pī jīng ròu　wén zi fù nèi kū zhī yóu　kuī lǎo
鸶腿上劈精肉，蚊子腹内刳脂油。亏老
xiān sheng xià shǒu
先生下手！

zhènggōng　zuì tài píng　tàn zǐ dì　wú míng shì
【正宫】醉太平（叹子弟）　无名氏

xún hú lu jù piáo　shí zhuān wǎ cuán yáo　nuǎn táng yuàn
寻葫芦锯瓢，拾砖瓦攒窑，暖堂院
fān zuò qǐ ér xué　zuò yí gè lián huā lào xùn dào　dài yì
翻做乞儿学，做一个莲花落训道。戴一
dǐng shí huā jiǔ liè zhē chén mào　chuān yì lǐng qiān bǔ bǎi nà cáng
顶十花九裂遮尘帽，穿一领千补百衲藏
xíng ǎo　xì yì tiáo qī duàn bā xù lè shēn tāo　zhè de shì
形袄，系一条七断八续勒身绦。这的是

zǐ dì měi xià shāo
子弟每下梢。

tào qǔ
套曲

nán lǚ yì zhī huā bù fú lǎo guān hàn qīng
【南吕】一枝花（不伏老） 关汉卿

yì zhī huā pān chū qiáng duǒ duǒ huā zhé lín lù zhī
【一枝花】攀出墙朵朵花，折临路枝
zhī liǔ huā pān hóng ruǐ nèn liǔ zhé cuì tiáo róu làng zǐ
枝柳。花攀红蕊嫩，柳折翠条柔，浪子
fēng liú píng zhe wǒ zhé liǔ pān huā shǒu zhí shā de huā cán
风流。凭着我折柳攀花手，直煞得花残
liǔ bài xiū bàn shēng lái zhé liǔ pān huā yí shì lǐ mián huā
柳败休。半生来折柳攀花，一世里眠花
wò liǔ
卧柳。

liáng zhōu wǒ shì gè pǔ tiān xià láng jūn lǐng xiù gài
【梁州】我是个普天下郎君领袖，盖
shì jiè làng zǐ bān tóu yuàn zhū yán bù gǎi cháng yī jiù huā
世界浪子班头。愿朱颜不改常依旧，花
zhōng xiāo qiǎn jiǔ nèi wàng yōu fēn chá diān zhú dǎ mǎ cáng
中消遣，酒内忘忧。分茶攧竹，打马藏

jiū tōng wǔ yīn liù lǜ huá shú shèn xián chóu dào wǒ xīn tóu
阄，通五音六律滑熟，甚闲愁到我心头？
bàn de shì yín zhēng nǚ yín tái qián lǐ yín zhēng xiào yǐ yín píng
伴的是银筝女银台前理银筝笑倚银屏，
bàn de shì yù tiān xiān xié yù shǒu bìng yù jiān tóng dēng yù lóu
伴的是玉天仙携玉手并玉肩同登玉楼，
bàn de shì jīn chāi kè gē jīn lǚ pěng jīn zūn mǎn fàn jīn ōu
伴的是金钗客歌金缕捧金樽满泛金瓯。
nǐ dào wǒ lǎo yě zàn xiū zhàn pái chǎng fēng yuè gōng míng
你道我老也，暂休。占排场风月功名
shǒu gèng líng lóng yòu tī tòu wǒ shì gè jǐn zhèn huā yíng dū
首，更玲珑又剔透。我是个锦阵花营都
shuài tóu céng wán fǔ yóu zhōu
帅头，曾玩府游州。

gé wěi zǐ dì měi shì gè máo cǎo gāng shā tǔ wō
【隔尾】子弟每是个茅草冈、沙土窝
chū shēng de tù gāo er zhà xiàng wéi chǎng shàng zǒu wǒ shì gè
初生的兔羔儿乍向围场上走，我是个
jīng lǒng zhào shòu suǒ wǎng cāng líng máo lǎo yě jī chǎ tà de zhèn
经笼罩、受索网苍翎毛老野鸡蹅踏的阵
mǎ er shú jīng le xiē wō gōng lěng jiàn là qiāng tóu bù céng
马儿熟。经了些窝弓冷箭镴枪头，不曾
là rén hòu qià bú dào rén dào zhōng nián wàn shì xiū wǒ
落人后。恰不道“人到中年万事休”，我
zěn kěn xū dù le chūn qiū
怎肯虚度了春秋。

wěi wǒ shì gè zhēng bú làn zhǔ bù shú chuí bù
【尾】我是个蒸不烂、煮不熟、捶不
biǎn chǎo bú bào xiǎng dāng dāng yí lì tóng wān dòu nèn zǐ dì
匾、炒不爆响珰珰一粒铜豌豆，恁子弟
měi shuí jiào nǐ zuān rù tā chú bú duàn zhuó bú xià jiě bù
每谁教你钻入他锄不断、斫不下、解不
kāi dùn bù tuō màn tēng tēng qiān céng jǐn tào tóu wǒ wán de
开、顿不脱慢腾腾千层锦套头。我玩的
shì liáng yuán yuè yǐn de shì dōng jīng jiǔ shǎng de shì luò yáng
是梁园月，饮的是东京酒，赏的是洛阳
huā pān de shì zhāng tái liǔ wǒ yě huì wéi qí huì cù
花，攀的是章台柳。我也会围棋、会蹴
jū huì dǎ wéi huì chā kē huì gē wǔ huì chuī tán huì
踘、会打围、会插科、会歌舞、会吹弹、会
yān zuò huì yín shī huì shuāng liù nǐ biàn shì luò le wǒ
咽作、会吟诗、会双陆。你便是落了我
yá wāi le wǒ zuǐ qué le wǒ tuǐ shé le wǒ shǒu tiān
牙、歪了我嘴、瘸了我腿、折了我手，天
cì yǔ wǒ zhè jǐ bān er dǎi zhèng hòu shàng wù zì bù kěn
赐与我这几般儿歹症候，尚兀自不肯
xiū zé chú shì yán wáng qīn zì huàn shén guǐ zì lái gōu
休。则除是阎王亲自唤，神鬼自来勾，
sān hún guī dì fǔ qī pò sàng míng yōu tiān na nà qí jiān
三魂归地府，七魄丧冥幽，天那，那其间
cái bú xiàng yān huā lù er shàng zǒu
才不向烟花路儿上走！

shuāngdiào yè xíngchuán qiū sī mǎ zhì yuǎn

【双调】夜行船（秋思） 马致远

yè xíng chuán bǎi suì guāng yīn yí mèng dié chóng huí
【夜行船】百岁光阴一梦蝶，重回
shǒu wǎng shì kān jiē jīn rì chūn lái míng zhāo huā xiè jí
首往事堪嗟。今日春来，明朝花谢，急
fá zhǎn yè lán dēng miè
罚盏夜阑灯灭。

qiáo mù zhā xiǎng qín gōng hàn què dōu zuò le suō cǎo
【乔木查】想秦宫汉阙，都做了蓑草
niú yáng yě bú nèn me yú qiáo wú huà shuō zòng huāng fén
牛羊野。不恁么渔樵无话说。纵荒坟
héng duàn bēi bú biàn lóng shé
横断碑，不辨龙蛇。

qìng xuān hé tóu zhì hú zōng yǔ tù xué duō shǎo háo
【庆宣和】投至狐踪与兔穴，多少豪
jié dǐng zú suī jiān bàn yāo lǐ shé wèi yé jìn yé
杰！鼎足虽坚半腰里折，魏耶？晋耶？

luò méi fēng tiān jiào nǐ fù mò tài shē méi duō
【落梅风】天教你富，莫太奢，没多
shí hǎo tiān liáng yè fù jiā er gèng zuò dào nǐ xīn sì tiě
时好天良夜。富家儿更做道你心似铁，
zhēng gū fù le jǐn táng fēng yuè
争辜负了锦堂风月？

fēng rù sōng yǎn qián hóng rì yòu xī xié jí sì xià
【风入松】眼前红日又西斜，疾似下
pō chē bù zhēng jìng lǐ tiān bái xuě shàng chuáng yǔ xié lǚ
坡车。不争镜里添白雪，上床与鞋履
xiāng bié xiū xiào cháo jiū jì zhuō hú lu tí yí xiàng zhuāng
相别。休笑巢鸠计拙，葫芦提一向装
dāi
呆。

bō bú duàn lì míng jié shì fēi jué hóng chén bú
【拨不断】利名竭，是非绝。红尘不
xiàng mén qián rě lǜ shù piān yí wū jiǎo zhē qīng shān zhèng bǔ
向门前惹，绿树偏宜屋角遮，青山正补
qiáng tóu quē gèng nǎ kān zhú lí máo shè
墙头缺；更那堪竹篱茅舍。

lí tíng yàn shā qióng yín bà yí jiào cái níng tiē jī
【离亭宴煞】蛩吟罢一觉才宁贴，鸡
míng shí wàn shì wú xiū xiē zhēng míng lì hé nián shì chè
鸣时万事无休歇。争名利何年是彻？
kàn mì zā zā yǐ pái bīng luàn fēn fēn fēng niàng mì jí rǎng
看密匝匝蚁排兵，乱纷纷蜂酿蜜，急攘
rǎng yíng zhēng xuè péi gōng lǜ yě táng táo lìng bái lián shè
攘蝇争血。裴公绿野堂，陶令白莲社。
ài qiū lái shí nà xiē hé lù zhāi huáng huā dài shuāng pēng zǐ
爱秋来时那些：和露摘黄花，带霜烹紫
xiè zhǔ jiǔ shāo hóng yè xiǎng rén shēng yǒu xiàn bēi hún jǐ
蟹，煮酒烧红叶。想人生有限杯，浑几

gè chóngyáng jié rén wèn wǒ wán tóng jì zhe biàn běi hǎi tàn
个重阳节？人问我顽童记者：便北海探
wú lái dào dōng lí zuì le yě
吾来，道东篱醉了也！

bān shè diào shào biàn gāo zǔ huánxiāng suī jǐngchén
【般涉调】哨遍（高祖还乡） 睢景臣

shào biàn shè zhǎng pái mén gào shì dàn yǒu de chāi shǐ
【哨遍】社长排门告示，但有的差使
wú tuī gù zhè chāi shǐ bù xún sú yí bì xiāng nà cǎo yě
无推故。这差使不寻俗，一壁厢纳草也
gēn yì biān yòu yào chāi fū suǒ yìng fu yòu shì yán chē
根，一边又要差夫，索应付。又是言车
jià dōu shuō shì luán yú jīn rì huán xiāng gù wáng xiāng lǎo
驾，都说是銮舆，今日还乡故。王乡老
zhí dìng wǎ tái pán zhào máng láng bào zhe jiǔ hú lu xīn shuā
执定瓦台盘，赵忙郎抱着酒葫芦。新刷
lái de tóu jīn qià jiàng lái de chóu shān chàng hǎo shì zhuāng yāo
来的头巾，恰糨来的绸衫，畅好是妆幺
dà hù
大户。

shuǎ hái er xiā wáng liú yǐn dìng huǒ qiáo nán nǚ hú
【耍孩儿】瞎王留引定伙乔男女，胡
tī dēng chuī dí léi gǔ jiàn yì biāo rén mǎ dào zhuāng mén
踢蹬吹笛擂鼓。见一飚人马到庄门，

pǐ tóu lǐ jǐ miàn qí shū yí miàn qí bái hú lán tào zhù gè
匹头里几面旗舒：一面旗白胡阑套住个
yíng shuāng tù yí miàn qí hóng qū lián dǎ zhe gè bì yuè wū
迎霜兔，一面旗红曲连打着个毕月乌，
yí miàn qí jī xué wǔ yí miàn qí gǒu shēng shuāng chì yí miàn
一面旗鸡学舞，一面旗狗生双翅，一面
qí shé chán hú lu
旗蛇缠葫芦。

wǔ shā hóng qī le chà yín zhēng le fǔ tián guā
【五煞】红漆了叉，银铮了斧，甜瓜
kǔ guā huáng jīn dù míng huǎng huǎng mǎ dèng qiāng jiān shàng tiāo
苦瓜黄金镀。明晃晃马镫枪尖上挑，
bái xuě xuě é máo shàn shàng pū zhè jǐ gè qiáo rén wù ná
白雪雪鹅毛扇上铺。这几个乔人物，拿
zhe xiē bù céng jiàn de qì zhàng chuān zhe xiē dà zuò guài yī
着些不曾见的器仗，穿着些大作怪衣
fu
服。

sì shā yuán tiáo shàng dōu shì mǎ tào dǐng shàng bú
【四煞】辕条上都是马，套顶上不
jiàn lǘ huáng luó sǎn bǐng tiān shēng qū chē qián bā gè tiān
见驴，黄罗伞柄天生曲。车前八个天
cáo pàn chē hòu ruò gān dì sòng fū gèng jǐ gè duō jiāo
曹判，车后若干递送夫。更几个多娇
nǚ yì bān chuān zhuó yí yàng zhuāng shū
女，一般穿着，一样妆梳。

sān shā nà dà hàn xià de chē zhòng rén shī lǐ
【三煞】那大汉下的车，众人施礼
shù nà dà hàn qù de rén rú wú wù zhòng xiāng lǎo zhǎn jiǎo
数，那大汉觑得人如无物。众乡老展脚
shū yāo bài nà dà hàn nuó shēn zhuó shǒu fú měng kě lǐ tái
舒腰拜，那大汉挪身着手扶。猛可里抬
tóu qù qù duō shí rèn de xiǎn qì pò wǒ xiōng pú
头觑，觑多时认得，险气破我胸脯！

èr shā nǐ shēn xū xìng liú nǐ qī xū xìng lǚ
【二煞】你身须姓刘，你妻须姓吕，
bǎ nǐ liǎng jiā er gēn jiǎo cóng tóu shǔ nǐ běn shēn zuò tíng zhǎng
把你两家儿根脚从头数：你本身做亭长
dān jǐ bēi jiǔ nǐ zhàng rén jiāo cūn xué dú jǐ juàn shū céng
耽几杯酒，你丈人教村学读几卷书。曾
zài ǎn zhuāng dōng zhù yě céng yǔ wǒ wèi niú qiē cǎo zhuài bà
在俺庄东住，也曾与我喂牛切草，拽坝
fú chú
扶锄。

yì shā chūn cǎi le sāng dōng jiè le ǎn sù líng
【一煞】春采了桑，冬借了俺粟，零
zhī le mǐ mài wú chóng shù huàn tián qì qiǎng chēng le má sān
支了米麦无重数。换田契强秤了麻三
chèng huán jiǔ zhài tōu liáng le dòu jǐ hú yǒu shèn hú tū
秤，还酒债偷量了豆几斛。有甚糊突
chù míng biāo zhe cè lì xiàn fàng zhe wén shū
处？明标着册历，见放着文书。

wěi shǎo wǒ de qián chāi fā nèi xuán bō huán qiàn
【尾】少我的钱，差发内旋拨还；欠
wǒ de sù shuì liáng zhōng sī zhǔn chú zhǐ dào liú sān shuí
我的粟，税粮中私准除。只道刘三，谁
kěn bǎ nǐ jiū zuó zhù bái shèn me gǎi le xìng gēng le míng
肯把你揪捽住，白甚么改了姓、更了名
huàn zuò hàn gāo zǔ
唤做汉高祖！